碎片

〔日〕青山七惠 著

竺家荣 译

上海译文出版社

目 录

碎
片

远远看见拖着一条棉花棍般剪影的爸爸朝我招手，新的一天开始了。

　　爸爸背对着朝阳，站在中央大道旁的银杏街树下，和伫立在他身边的银杏树干完全是一个样的角度。

　　站前广场上，出租车嘀嘀摁喇叭声、大巴马达的轰鸣声、碰头的人们的招呼声搅混成喧嚣的气流，不间断地被挤压向高楼与高楼之间的天空。停靠在银杏树旁的旅游大巴前面，穿着蓝背心的旅行社工作人员一边扯着嗓子喊着旅游大巴的线路，一边点着名，人都到齐后，排成一溜的乘客们一个跟一个地登上大巴。

　　向我招手的爸爸身边，聚集着好几拨等着出发的女士。别看她们身材、年龄都不一样，笑声却像极了。她们中间也夹杂着小孩子和青年男女，看他们则是一脸困意，要不就是一脸躁动。

　　穿着马球衫的爸爸，把扣子一直严严实实地扣到领口，看上去就像是被贴在这道风景上的一张邮票，又像是碰巧路过这儿的人。

我穿过一个个女士们围成的圈儿，来到爸爸身边后，爸爸随即将举着的手直接移到谢了顶的额头上去，说了句"够热的啊"。马球衫紧紧贴着爸爸瘦弱的上身，从他那制服短裤下头露出来的小腿，显得羸弱不堪，仿佛用脚尖随便一踢，就能把他踢倒在花坛上似的。

　　"真是，够热的。"

　　我答道。其实天气也没那么热。

　　为了参加只有我和爸爸两个人去的樱桃采摘一日游，我于星期六早上七点来到了这里。

　　到现在我还在钻牛角尖，凭什么偏偏让我跟他去？说好全家五口人一起出游的呀。

　　考虑到一早就出发，所以头天晚上，我就回了东京都内的父母家，算起来已经有好几个月没回家了。谁知，先一步回来的哥哥的宝贝女儿发起烧来。妈妈很担心，说她明天就不去了，哥哥说他也不去了，我刚要说"我也不去了"，妈妈却以宣布什么大事的口吻说道："那就你跟你爸两个人去吧。"

　　妈妈给旅行社挂了电话，退掉了三个人的票，然后，回过头又叮问了一遍："就你们俩去啊？"哥哥把女儿鞠子抱在膝头，嬉皮笑脸地瞅着我。

　　"你怎么这样啊，哥哥。就不能让里加子姐回来看孩

4

子吗?"

"那哪儿成啊。里加子下个星期之前是绝对不会回来的。她说想好好放松放松呢。是吧,鞠子。"

鞠子正吸溜着苹果汁,小圆脸蛋儿通红通红的。

"可是,一天都不行吗?"

"一天也不行啊。她今天打算去热海玩儿的呀。妈妈,里加子回来,也不要告诉她鞠子发烧的事啊。"

"为什么呢?"

"她该怒了。怪我没看好孩子呀。"

"你也是,孩子发烧对当妈的保密,你脑子没毛病吧?"

"没错,一般人都会这么说吧。其实哥哥也用不着留在家里,不是有妈在吗?"

"英二,你要是想去的话,我再打一次电话。"

"不用打,我不去了。把鞠子扔在家里,樱桃我怎么吃得下去呢。"

"说得好听。哥哥其实是懒得去吧?我来替你看孩子咋样?"

"可是,桐子不是想去拍点风景照片吗?多好的机会啊,你就去吧。"

"就是。"

"干吗光我一个人去呀?"

"不是你一个人呀，爸也去，多好啊。"

"是啊，桐子。偶尔和你爸两个人去玩玩也不错啊。"

我正想反驳，鞠子突然咳嗽起来，果汁洒了一桌子。哥哥吓得急着给孩子摩挲后背，妈妈忙不迭地跑去拿抹布。

果汁顺着桌面流着，从摊在桌上的晚报一角，一点点拓展着浸湿的面积。可是，仍然没有听到正看报的爸爸出声。

都怪里加子，就是因为她使性子离家出走，才会变成这样的。

里加子姐是个冰山美人，和孩子气的哥哥正相反。虽然基本看不出来她的火爆脾气，不过，用哥的话来说，隔三差五她准会"爆发"一通。上个星期"爆发"了的里加子，就回了高崎的娘家，说是要休息休息。以往她把鞠子也一块儿带回去，谁料想哥哥这回不知逗的哪门子能，主动要求"鞠子我来带"。其结果，他自己拉着哭哭咧咧的鞠子的小手，回到步行十分钟距离的父母家来了。

哥哥成家四年来，小夫妻俩有过好几回这样的记录了，打我还在家里住的时候就开始了。只不过，最最剑拔弩张的时候也就是刚分开的最初三天。头三天一过，哥哥就故意待在父母家里赖着不走，每天晚上，都心情愉快地和里加子姐煲电话粥。此类分居时间长短不等，有时候不到一个星期结束，也有像鞠子出生之前那样，持续了将近两个月的时间。

这回分居的时间，根据我偷听她出走第三天和哥哥通的电话得知，定为两个星期。

妈妈从挂了电话的哥哥嘴里听说里加子姐打算去热海旅行后，不知道怎么想的，打工回家的路上，"偶然"看见旅行代理店门前摆着樱桃采摘一日游的宣传小册子，就径直进了店。在那儿买了五个人的观光大巴车票——自己和丈夫、媳妇回了娘家的儿子和孙女，以及特意选择了神奈川最远地区的大学、搬出去单过的女儿。

这条一日游线路的行程是：早上七点在新宿集合，乘观光车出发；在长野某地的樱桃种植园里尽情吃樱桃；乘坐大巴走高原上的观光线路——"维纳斯线路"，从车窗里观赏沿途的高原美景。看这本小册子上的介绍，其他线路的樱桃采摘一日游的配套项目有：参观葡萄酒厂，品尝葡萄酒；或者乘坐高原火车泡温泉等等，这些多少还有点儿吸引人的意趣。可母亲选的是更为单调的维纳斯线路。我猜多半是因为这条线路最便宜的缘故。

估计北萱草还没有开花吧，现在这个季节。

最终，发起人妈妈和哥哥、鞠子留在了家里，只有我和爸爸两个人在这里等着坐大巴。

今天早上起来，没瞧见爸爸在起居室，我以为去不成了，不由舒了一口气。

"爸爸不去了？"

我问正在喝咖啡的妈妈，她告诉我，爸爸说"想呼吸呼吸新宿清晨的新鲜空气"，五点就出门了。

在银杏树下等了一会儿，挂着"维纳斯线路"牌子的大巴前面，穿蓝背心的工作人员开始点名。听了好半天都没有叫到我们，莫非妈妈一不留神，把五个人的票全给退掉了？我刚这么一琢磨，就听见一声响亮的喊声："两位一起来的，远藤先生。"

车里几乎是满座。我们的座位在倒数第二排。走到座位上去的这段路，我们俩一直沐浴在两边乘客看稀罕的目光里。一男一女结伴来的只有两对，除了我们外，另外一对中年男女一看就是夫妇。其余都是带着小孩儿的一家子，或者不同年龄的女性组合。

我望着走在前面的爸爸干瘦的身板，忽然不安起来。在别人眼里，他和我像不像是父女俩呢？

爸爸把靠窗户的座位让给我坐。虽然在等车的时候，我设想了好多个上车后和老爸聊天的话题，可是，一旦上了车，挨着爸爸坐下来后，却发现并没有像椅背上的网兜里塞着地图和垃圾袋那样，准备好话题。我只好先拿起准备好的长野县地图看起来。爸爸只是干坐着，等着发车。

我往嘴里塞了一片儿口香糖，也想给爸爸一片儿，就在这时，导游开始了自我介绍，汽车发动了。

　　尽管妈妈说："偶尔和你爸两个人去玩玩也不错啊。"不过，我还真记不得曾经和爸爸两个人单独出行过。

　　可能是我还不记事的时候去过吧。不过，爸爸本来就不大会和孩子相处，又是个不爱说话，也不爱开玩笑的人。长大以后，即便我不把爸爸当做"爸爸"，只当做"远藤忠雄"这么个人来看待，也像是同极磁铁相斥一般，"远藤忠雄"在不把他当做"爸爸"来看的我和他还隔着一段距离的时候，就逃之夭夭了。

　　有一次，爸爸和上高中的哥哥在玄关揪打起来。身子干瘦、脸色苍白的爸爸和晒得黝黑、体格健壮的哥哥扭在一起，就好比幼稚园小朋友在挑战高大威猛的相扑选手。刚刚泡澡出来的我，无意去协助正在劝架的妈妈，只觉得对爸爸的兴趣也随着从我的皮肤上升腾起来的热气而烟消云散了，剩下的只有说不清是同情还是轻蔑的情感。我问哥哥为什么干架，他也不告诉我。我心想，反正正当的理由总是在爸爸那一头，不过，我连跟他本人打听的兴致都已经失去了。

　　最终，得出的结论是：他充其量就是个"爸爸"，这是最不用费脑筋的了。当时，我要考虑的事情多了去了，这位看得见摸不着的"远藤忠雄"就这么着被我忘到脑后头去了。

不知道是不是为了找个聊天的话题，我绞尽脑汁地想要回忆起和爸爸两个人出游过这档子事儿。车窗外面的高楼大厦已经不见了，大巴奔驰着的马路两旁，都是未经修剪的参差不齐的街树、褪了色的墙壁上镶嵌着小窗户的房子。导游发给每个人一纸杯麦茶，我不知不觉就喝光了，当巴士拐弯时，放在椅背支架上的空纸杯翻倒了。

这辆大巴上除了导游外，还有一位年轻的女"全陪"。刚才她一直用她那悦耳的女低音介绍着今天的天气情况和一天的行程，不过，现在她的声音被后座上的几个女大学生叽叽喳喳的说话声盖过了。我也曾经坐在校园里的长椅子上，和女生们聊那些八卦，聊得不亦乐乎。那个时候的我，在别人眼里，恐怕也是个轻飘飘的年轻人吧，就像后排的那几个女孩子一样。

虽说起了个大早，可闭上眼睛也没有一点睡意。我又往嘴里塞了一片儿口香糖，从手提袋里拿出相机来。在朋友的忽悠下，我上个月报了个摄影班。这个牌子的照相机是在老师推荐下，分六次付款，毅然买下的。虽说够奢侈的，但不管三七二十一买下来的话，保不齐它会成为我的一个新的兴趣点呢。其实，今天的一日游，我本来不怎么想去，但一想到拍摄风景的作业这回有着落了，才答应参加妈妈先斩后奏的一日游。

我把相机挂在脖子上，将镜头举到眼前取景的时候，爸爸用他那双看不出是感兴趣还是不感兴趣的眼睛瞧着我摆弄相机。

"这玩意，就是那种单镜头反光相机?"

"对呀。单反。"

"你在拍照片?"

"我现在上摄影班呢。"

"什么时候上课?"

"每周四。"

"是大学的课吗?"

"不是。是摄影教室，私人开的。"

"什么时候去的?"

"上个月。"

"噢。"

巴士遇到红灯停了下来。窗外有座老房子，挂着一块与黢黑寒酸的屋顶极不相称的巨大招牌，招牌上是蓝底白字的"青木五金店"。我觉着和爸爸的对话已告一段落了，就茫然地探究起这个"五金"到底具体指什么东西来了。首先浮现在我脑海里的是烤年糕用的铁网夹。说起来，今年从正月到现在，我还是第一次回家呢。

"那么，你想拍什么呢？"

虽然在向我发问，可爸爸的目光已然投向了放在眼前小支架上的麦茶了。而且，他问话的口气，就跟对妈妈说"把抹布拿来"一个调，听起来没什么特别的意味可言。这几秒钟的沉默，使我发觉我俩就像在演一出《父女对话》之类的什么滑稽剧似的。加上恰逢此时，后面的女大学生又掀起了新一轮聊天高潮之故，我感到一种奇妙的压力，现在死活也得把这个对话给接下去。

"题目是，碎片。"

"碎片？"

"老师留的作业。让我们以'碎片'为题，拍摄照片。"

"指什么呀，碎片？"

"比方说吧，像那个五金店的招牌啦，还有，像扔在那棵树下面的空罐之类的东西呗。反正我也说不清。"

"嗯，碎片嘛。"

"大概老师想通过摄影来表现世上到处都充满了碎片吧。"

"是吗？够难的啊。"

巴士启动了，青木五金店的招牌也渐渐远去了。拿在手里的照相机有棱有角的，用着挺别扭。我不禁怀疑起来，这么个四四方方的玩意儿，又这么沉，我什么时候才用得惯它呢？看见摄影教室里的那些脖子上挂着相机的人，总觉得他们帅极了，可是到了自己这儿，似乎就不是那么回事了。我把相机装进盒子，又把它塞回了大手提袋里。

坐在最前面的导游站了起来，用麦克风介绍说，马上就上高速了，距离下个休息区大约有一个小时左右等等。

到了高速路休息区，我和爸爸说好，去厕所后，在小卖店里会合。当我从这种休息区特有的袖珍监狱般的厕所里走出来，呼吸着外面的新鲜空气时，被车内空调吹得冰凉的皮肤，在阳光下备感舒服。我决定就在这里等候应该会从小卖店里出来的爸爸。

我坐在花坛边上，漫无目标地看着四周时，忽然发现爸爸也和我一样坐在相距不远的花坛边上。爸爸没有看见我。虽然说好在小卖店里会合，但爸爸似乎也没有进里面去的意思。离大巴发车还有十来分钟，再说我也懒得站起来，所以仍旧坐在原地瞧着爸爸那边。

这时，一位白发苍苍的老太太迈上小卖店低低的台阶时，一不小心绊倒了，从我这边看去，摔得也真让人捏把汗。爸爸倏地站起来，赶过去扶起老太太，和别人一起搀扶着腿脚颤颤巍巍的老太太走进小卖店里去了。我坐在原地没有动窝，目睹爸爸动作如此敏捷，使我受到了一次小小的刺激。仿佛看到了什么不该看到的东西似的，我低下头盯着脚下水泥地上的小土坷垃。我还是第一次看见爸爸这样出手帮助别人。不过，若是指望像刚才看到的那个光景那么鲜明地回想起爸爸帮过我和哥哥、妈妈的事例，恐怕还需要一些时间和线索。

我看了看与小卖店相邻的粗陋的塔形建筑顶尖上的时钟，还差几分钟就要发车了。但愿老太太的腿没有伤得太厉害，我这么想着，起身朝大巴走去。一边走一边还怪没心肝地想，唉，要是带着相机的话，说不定能把爸爸助人为乐的这一幕拍下来呢。

到了出发的时间，爸爸还没有回来。过了约莫五分钟后，爸爸一边朝过道两边的乘客不停地低头致歉，一边回到座位上来。

"我先上来了。"

我说道。

"啊，没关系。"

说完，就没话了。

大巴又开了不到一个小时，便抵达了樱桃园。

经过某小镇的时候，导游讲起有关镇上煤矿的稀奇古怪的传说。据说从前，在这个镇子上刚刚开始建设煤矿和工厂的时候，一些欧美人作为经营顾问，曾经在这里居住过。看见欧美人喝红葡萄酒，当地人误以为"他们喝的是来这里干活的年轻女工的血"，因而闹得人心惶惶。

"血也不可能那么清澈啊。"

听了一半，我便嘲弄地说道。爸爸附和着"是啊"。可车里有人还嘻嘻哈哈笑个没完。我觉得无聊，拿出相机从车里拍了几张窗外的风景。

爸爸没有对我说起老太太的事。我也觉得没有谈及的必要，所以什么也没有问。

大巴从高速公路下来进入市区后，又开了一段路程。刚才只能远远看见轮廓的山峦，现在已经近在眼前了，连山上凸起和洼陷的地方、树木茂盛的地方都能看得一清二楚了。当窗外终于开始出现一片片结着红色果实的樱桃树时，那些聊天聊累了、都在打盹的女人们，"哇"地发出了一片尖叫，车里顿时热闹起来。汽车像是厌烦这些噪音似的，无力地停了下来。我把相机挂在脖子上，下了车。一呼吸到清新的空气，女人们更加起劲地欢呼雀跃起来。时间还不到十点。

位于高坡上的樱桃园旁边的斜坡是一片荞麦田，虽然还不到盛开的时节，已开出了白色的小花。这片白色的田地尽头是一片深绿色的苹果园，再往前边，是一条窄小的马路，马路前边又是一片小白花。镜头收不进目之所及的所有风景。想要全都收进来时，镜头立刻就模糊了。

再往远处看，就是那青绿色巨石般的阿尔卑斯山脉①了。据说有北阿尔卑斯山和中阿尔卑斯山之分，不知道这一带属于哪个。估计问爸爸，他也不知道。我想，肯定在某个地方有一座巨大的叫做阿尔卑斯的山，而我现在看见的远处的山脉可以算是其碎片吧。于是，我对着那远山摁了几下快门。

樱桃园和田间土路之间隔着一道铁丝网。一进入樱桃园里，大家便开始从自己看中的樱桃树上，一颗接一颗地把樱桃揪下来塞进嘴里。最靠前边的樱桃树很大，够得到的地方已经被摘得差不多了，不过，踮起脚尖来，还是够到了几颗。放在手心里的红色、橙色和黄色混合色的樱桃，在阳光照耀下一看，简直不像是能吃的水果。我口渴得不行，加上挨着让人发憷的爸爸坐了一路车，心情紧张的关系吧，脑袋懵懵懂懂的，就像刚上完五个小时课的感觉那样。我什么也不想，一门心思吃起了樱桃。

吃得差不离了，我开始在樱桃园里寻找起爸爸来。发现爸爸被一群中年妇女围在一棵美国樱桃树下面——大概是把他当成樱桃园的工人了。他正为她们一颗一颗地摘着

① 指日本本州中部飞弹（北阿尔卑斯）、木曾（中阿尔卑斯）、赤石（南阿尔卑斯）三山脉。

够不到的高处的或枝叶茂密的地方结的红色樱桃。

爸爸长着一副没有主见也没有危害性的平庸相貌，性格也随和至极。虽说不无超脱世俗之风，却不是风流之人，除了个子高点儿之外，基本没有男人味。

我想象着爸爸如果年轻三十岁，和我同样年龄的话，会怎么样呢？我会对他感兴趣吗？还没等吃完一颗樱桃，我已经给出了答案：恐怕不会的。我喜欢的类型和爸爸恰恰相反，是那种特别爱说话、特别阳光的男人。我现在交往的男人就是个成天嘻嘻哈哈的人，让人有时候都受不了。我告诉他我们全家去采摘樱桃的时候，他特别羡慕地说："嘿，桐子家的人真和睦啊，我也得动员我家的人去玩玩。"

这样分析明白之后，我不由得又同情起爸爸来了。我摘了满满一把樱桃，朝背对着我的爸爸走过去。

"就是那儿，那个树叶下边还有一颗。帮我摘一下。"

"在哪儿？"

"再往右一点，伸直胳膊，对，就是那儿。"

爸爸往那群女人里的一个女人手里放了一颗亮晶晶的红樱桃后，接着又有一个女人叫爸爸帮她摘，爸爸自己根本没有时间吃樱桃。然而，他没有露出一丁点厌烦的神色，顺从地帮她们摘着。虽说当女儿的面对这一景象不会太舒服，但联想起刚才爸爸帮助老太太的义举，看着爸爸像个男子汉似的在帮助别人，就仿佛遇见了突然说出人话的猫狗一样。在好奇心的驱使下，我目不转睛地注视着眼前这一幕。

爸爸发现了站在他身后的我，指着那棵几乎被摘得所剩无几的树干细细的美国樱桃树问我："你吃吗？"

"已经没有了呀，这树上。"

这时，又有一个眼尖的女人发现高枝上的树叶下面的樱桃，便揪了一下爸爸的衣襟。没等我把手里的樱桃全部吃光，爸爸已经被那帮女人簇拥着，转移到另一棵树去了。

中午大家在一个古老民居改建的土产销售中心的餐厅里吃了饭。爸爸似乎非常中意这种蘑菇多得冒尖的大酱汤，每喝一口，都要夸赞一句"真好喝"。

"这样的汤，妈也能做啊。"

"可也是。"

"只不过蘑菇少一点。"

"就是嘛。"

"咱们又不是森林里的狗熊，用得着放这么多吗？"

爸爸叹息了一声，喝了一口茶杯里的麦茶。看着他这个动作，我又联想起了在休息处助人为乐的爸爸。今天不知为什么，这个光景总是盘踞在我脑子的角落里，怎么也不能够被记忆的褶皱接纳。这使我产生了和几年前看到爸爸和哥哥打架时同样的感觉,这一感觉已开始朝着"不来就好了"的结论滑下去了。

"啊,真好喝啊。"

"净是奇奇怪怪的蘑菇。"

"蘑菇这东西本来就怪呀。"

"口蘑和香菇就不怪呀。当成蔬菜吃也觉得很正常。"

"桐子说的正常是什么意思呀?"

"就是吃得惯的意思呗。"

爸爸没有回答,又喝了一口汤。我的话也许从爸爸的身体中间穿行而去了吧,只有坐在我们旁边的那个素面朝天的中年女人好奇地瞧着我们。

也许是因为那女人的视线和爸爸的沉默吧,我忽然想到自己已经二十岁了,却还是这般幼稚,居然和爸爸瞎争论蘑菇怪不怪啦、事物的价值啦什么的。我的这种感觉是确凿无疑的。就如同我看着眼前的餐桌、饭菜、女人们,触摸到的塑料筷子、椅子、T恤等等一样。

"我出去走走。"说完,我走出了餐厅。

餐厅外面,是一大片农家和苹果园,一直延伸到远处的公路为止。我沿着田埂走起来,前方可以看见在樱桃园看见过的阿尔卑斯山脉。现在,我想给在那座山那一边的、遥远的东京的男友——不知他现在在打麻将还是在睡觉——发照片，拿出手机一看，不在服务区。我收起了手机，两手叉着腰，眺望着眼前的田园风光时，渐渐发觉不仅仅是手机不在服务区，连自己也处在所有乐趣的范围之外。在这里拍了几张照片后，我又继续往前走。

人们在这样的地方，能寻求到什么样的生活乐趣呢？是采摘苹果、看萤火虫呢，还是骑着自行车兜风呢？即便存在着这样令人心旷神怡的风景，也还是有人会窝在家里头上网吗？

我一边这样想着一边慢慢腾腾地往前走，突然发现爸爸就站在前方一百米或更远一些的地方。不可思议的是，对于远远看见的亲人，自己几乎条件反射似的想要招手叫他。可要是离得再近一点的话，可能反而不想被看到了。

"爸爸。"我挥着手喊道。正背着手眺望什么的爸爸，转过身朝我稍稍抬了抬手。然后放下手看了看表，朝我慢腾腾走过来。我停下脚步，用鞋尖戳着土等他。爸爸一边走一边说着什么。"什么？"我问道。

"快到时间了。"

"这么快？"

"快要发车了。桐子，你没戴表？"

"我从来不戴表。"

"请大家两点之前回来，导游这么说的呀。"

"是吗?"

爸爸转身往回走。

"我先出来的,可你怎么走了那么远呢?"

"我是从餐厅后门出来的。"

"刚才看什么呢?"

"那边有一户人家的庭院相当漂亮,看了一会儿。"

"什么样的?"

"有一个很大的玫瑰花拱门。墙壁是天蓝色的。院子里有花。"

"玫瑰花拱门? 天蓝色? 那可太美了。真的有吗?"

"是啊。"

"在哪儿?"

"那边。"

爸爸回过头,指了指刚才走过来的方向。

"真有的话,我去拍几张照片。"

"还有五分钟时间,该往回走了。"

"就拍几张。跑着去的话来得及吧。好容易来一趟。"

"那我先回去跟导游打声招呼,你跑着去看看吧。"

"知道了。拜托。"

我在田间小路上跑起来。一旦跑起来就仿佛停不下来似的,最后还挽起了袖子,身体前倾,像上体育课时那样飞快地奔跑起来。挂在脖子上的相机碰得胃直疼,我就用手抓着它跑。跑到一口小小的红色水井附近停了下来，回头一看，已经看不见爸爸了。

记得刚才爸爸站着的地方有这么一口井的，可是我的脑袋扭转了三百六十度也没找到爸爸说的那户人家。我又是踮起脚来又是蹲下来，还走进田里去，看看有没有什么视线死角，可是找了半天，也没有看见天蓝色墙壁的房子。"哪有啊。"我不由得说出了口，一股火直往上蹿。真恨不得把隐隐作痛的侧腹揪下来，扔到那恬静的风景中去。

不过，我一只手使劲摁住了侧腹，另一只手抓着相机，转身沿着来时的小道朝餐厅方向，小跑着回去了。

和早上相反，这回轮到我向两边座位上的乘客点头哈腰地道歉了。走到座位跟前，爸爸站起来，让我坐到了窗边。

"什么也没有啊。"

"啊?"

"那户人家，没有啊。"

"不可能的，我看见了。"

"我找了半天，哪儿都没有。"

"你是不是找错方向了?"

"爸爸，你真的看见那房子了?"

"看见啦。"

也许是我跑得不够远吧，要不就是找错了方向吧，无论是哪个原因，都只能让我愈加气恼。"也不说清楚在哪儿。"我不乐意地甩出一句，脑袋靠在了车窗上。尽管这样，我还不死心，眼睛盯着窗外，搜寻着爸爸说的那户人家——那个有玫瑰花拱门的院子。好几个苹果园和农家闪过去了，直到路面变成宽敞的两车道后，我才放弃了。

导游讲解着下面巴士要走的维纳斯线路的由来，我却掏出手机，给男友发了个短信："你在干吗呢？樱桃采摘一日游真漫长。"现在已经有信号了。

"桐子，到了。"听见爸爸叫我，睁开眼睛一看，大巴已经到达了雾峰山脚下的餐厅外面的停车场。只可惜从维纳斯观光线路中途开始，我就睡得死死的了，所以正值盛开时节的日本杜鹃一点儿也没看着。趁着大巴缓缓停车的空当，女全陪没有使用麦克风，大声说："请大家一定去小卖店品尝一下木瓜汁。"

下车后，外面的空气凉飕飕的，那叫一个舒服。据说要爬上公路对面的山顶，往返要走二十分钟。不过，反正也闲着没事，我决定走一走。没等我招呼，爸爸就和我并排走起来。

"导游说可以品尝木瓜汁呢。"

"啊，好像这么说的。"

"回头去品尝品尝吧。"

"时间有富余的话。"

"桐子，你不戴手表，怎么估计时间呢?"

"估计? 时间要估计吗?"

"比如上课的时间什么的，不会迟到吗?"

"手机上有时间。"

"手腕上有表多方便呀。"

"手机也挺方便的。"

我一回头，看见一架悬挂式滑翔机的白色机体朝我们的头顶飞过来，大概是要在山丘那边着陆吧。

爸爸猛地仰头朝天上瞧了一眼，什么也没有说，继续往前走。

山丘最上面有一口巨大的钟，就像饭店的礼拜堂里的那样。旁边立着的牌子上写着"幸福之钟"。一对儿穿着不同颜色校服的双胞胎男孩，正胡乱地拽着拉钟绳敲钟玩儿。敲钟台那边的山坡，到了冬季就变成滑雪场了吧。无人乘坐的缆车一直通向山坡下面。刚才那架滑翔机在距离山脚下很远的地方着了陆。强加于人似的幸福之钟的当当声，被宛如厚纸巾一般毫无动感的风景一点点吸了进去。

我坐在正对着大钟的长椅上，望着那对儿小兄弟全神贯注地敲钟。看着看着，我渐渐发觉那油漆斑驳的白色台座、那磨损的钟绳、这惬意的凉爽感觉、这寥廓天空和莽莽原野，都似曾相识。我逐一追寻着几个夏天的朦胧记忆，终于，这个场所，尤其是钟和远方的山丘、凉爽的空气这三要素构成了一张不怎么清晰的照片，在我的脑海里浮现出来。

爸爸坐在我的旁边，中间隔着可以坐下一个小孩子的空儿。

"爸爸，我刚才突然想起来的，咱们该不会来过这儿吧?"

"什么?"

"这个地方，我觉得好像来过的。和妈妈、爸爸、哥哥一起来的。上小学的时候。不对，更早一些。"

"是啊，有这么回事。我以为桐子早就忘了呢。"

"你记得?"

"也不是，我也是刚刚才想起来。"

我小心翼翼地回想着，稍微一动弹，仿佛立刻就会被风刮跑的那个记忆。

记得那是几年前的一个年底，我在翻小时候的相册时看到了那张照片。毛巾被一直裹到头上、小脸苍白的我，满脸不高兴地坐在敲钟台的最左边，旁边站着爸爸、妈妈和哥哥。在我们四人和我们背后那片灰蒙蒙的天空背景之间的，就是眼前的这口大钟。除了自己家和幼儿园之外还什么也不知道的我，就坐在现在小孩子们玩耍的地方，穿着凉鞋的两条小腿耷拉着。

"我想，就是在那个大钟前面照的相。"

"什么？在哪儿？"

"以那口钟为背景，全家一起照了相呀。相册里有。"

"是吗？在那儿照的呀。"

虽说如此，我并不想今天在敲钟台和爸爸合个影留个念什么的，那样也太感性了些。

十几年后的现在，这张照片上的两个孩子已经长大成人了，有了各自的生活，哥哥还组成了新的家庭。这一事实就像是虚构的一样。不过，我现在和爸爸正望着敲钟台，而哥哥也在家里看着女儿，所以说，相比之下还是照片更像虚构的吧。

现在妈妈在干什么呢？哥哥真的在悉心照看鞠子吗？他不会是躺在鞠子旁边，看什么闲书吧。

爸爸可能也跟我想到一块儿了，只听他忽然低声嘀咕了一句："你妈和英二不知道在干什么呢。"

"他们能干什么呀。鞠子大概退烧了吧。"

"谁知道呢。"

"哥哥也一起来就好了。真是的，有妈妈在呢，他压根儿就没必要待在家里。"

"英二大概也挺累的吧。"

"我也觉得累呀。"

"是吗?"

"爸爸也觉得累吧。"

"不觉得。"

"你不觉得累?"

"不像桐子那么累。"

"我显得那么累吗?"

"你刚才不是说觉得累吗?"

我故意沉默了一会儿,然后稍稍加重语气,说道:

"爸爸,跟你这样的人说话,真没劲。"

"哈哈。"爸爸干巴巴地笑起来。

"就好像把石头扔水里一样,跟爸爸说话。"

"噢,是吗?"

"爸爸以前来这里的时候,已经是大人了,按说应该
记得呀。"

"不不,真的是刚刚想起来的。很早以前的事了。"

"妈妈没跟你说什么吗?"

"没有,你妈大概也忘了吧。"

我两肘架在腿上,支着脑袋,把头发挀得乱七八糟。
清凉的空气从头发缝隙间钻进来,抚弄着头皮。

"爸爸,你要是这样下去,以后什么都忘光了。"

"噢,可也是啊。"

爸爸轻悠悠地笑了。连这点笑声也立刻被钟声给驱散了。

"而且，你老是这样没点个性的话，连我们也得把你给忘了呀。"

"没关系。爸爸其实就跟不存在一样。"

"说什么哪。"

出乎意料，倒是我没有话了。

我想起了以前还住在家里时，爸爸留给我的一些零碎的印象。

比如饭后杯盘狼藉的餐桌啦，凉台上那把椅垫绽开口子的椅子啦，放在楼梯下面的杂物架啦，与这些物件融为一体的、其本身也同样是其中一道风景的爸爸。还有总是穿着一身也不知道到底有几种式样的灰色西服，早上八点准时离开家门，融入奔向车站的人流之中的爸爸。

即便是现在，爸爸这类人也绝不会呈现出像那座阿尔卑斯山一样的、棱角分明的轮廓来。

"这些算是碎片吧。"爸爸突兀地说道。

"啊，你说什么？"

"这些东西是碎片。"

"这些东西，是什么呀？"

"现在咱们眼睛所看到的东西，或者说，这里所有的东西。爸爸。桐子。那口钟。所有的。这就是爸爸的主见。"

28

关于"碎片",我估摸着就是像青木五金店招牌啦、路边的空罐头盒啦、阿尔卑斯山脉的一段儿啦之类的。如果像爸爸所说的,假如把现在所看到的东西,这里所有的东西当做某种东西的碎片的话,那么,那个某种东西又是什么形状,多大体积呢?

"是吗?"

我站起来,打算回到车上去。听见爸爸在我背后说:"你不用拍照了吗?"

返回东京时,高速公路严重拥堵,无事可干只好睡觉。可是,任凭我紧闭着眼睛,头枕靠在车窗框上怎么想睡着,也无法像在维纳斯线路上时睡得那么香甜。后座上一直在发牢骚的女大学生,现在也无声无息了。而爸爸早在她们睡着之前就睡了。他手心半朝上地摞在皱皱巴巴的制服短裤上。肤色很白的爸爸那双丰腴的手,与他那瘦削的身形和这把年纪一点不搭调。

快到新宿车站时,爸爸自己醒了。于是,我闭上眼睛,假装睡着了。

"今天真热呀。"我听见爸爸嘟囔着。我差点答应:"就是。"

回到家后,鞠子还在睡觉,妈妈正在忙着做晚饭。哥哥坐在客厅的沙发上看电脑杂志。我把回来时在服务区买的一包"风味雷鸟"递给他。"嗬，谢谢。"说完，他一边看杂志，一边咯吱咯吱吃起来。

"鞠子怎么样了？"

"烧是退了，可是还有点难受。"

"你还有闲心看杂志？"

"一直守在旁边盯着，小孩的病也好不了啊。"

"妈妈，我觉得应该告诉里加子姐。"

"我说，你怎么这么不成熟啊。你就那么希望大家一起去？"

"和爸爸两个人不自在，心里头。"

哥哥从杂志上抬起眼睛，像观察什么稀罕虫子似的瞧着我。拼花图案的沙发套上，已经躺着五六个画着雷鸟的小包装纸了。

"桐子，你觉得和爸爸不自在？其实爸爸这人挺简单的。"

"可是，一点儿性格都没有啊。像骨气啦、霸气啦什么的，全没有。"

"你一直在追求这些东西吗？"

换上了家居服的爸爸走进客厅来，他那干巴巴的脚步声，走过我们身边，朝厨房走去。

"没有追求啊。"

听了我的回答，哥哥立刻失去了兴致，眼睛又回到了杂志上。妈妈喊着我和哥哥的名字，要我们去厨房帮她打下手。

结果，那天拍的照片，是过了三个多星期以后才送去冲洗的。樱桃采摘后第二个星期进入了梅雨季节，也许因为这个，我懒得出门，所以相机一直躺在盒子里，扔在电视柜上。摄影教室那边，我从以前拍的照片里随便选了几张交了作业。这次的作业是为了参加某杂志的摄影比赛的，获奖结果要在两个月后公布，不过，对获奖我早已不抱任何希望了。

直到梅雨即将过去的今天，打完傍晚的工之后，我才到附近的电器店去取冲洗好了的照片。雨下了多半天才停，骑着自行车，我都能从脚蹬子上感觉到柏油路面比平时松软。马路上白色斑马线不断反着光。

一出店门，我就赶紧走到停车场的自动售货机旁边，快速翻看起刚取的照片来。可是，所有照片的拍摄角度都大同小异，没有太出彩的。像什么"自然"啦、"日本的美"之类的中庸题目的话，差不多都挨得上边，简直平庸得要命。

尽管如此，我还是想从中发现一些与众不同的来，便倚靠在自动售货机上，一张一张仔细看起来。从车窗里拍

31

的模糊的风景、成片的荞麦田、田地远方的山峦、吃樱桃的人们、田间小路、从山丘上拍的雾峰等等……这些都是被截取了片段，失去了声音和气味的风景。

当我看到第三遍，开始感觉疲惫和失望时，忽然在一张从荞麦田的角度拍摄的樱桃园的照片中，发现了处于中年妇女包围中的爸爸露出来的一个模糊的侧脸。这是拍照的时候，我完全没有注意到的。

不可思议的是，远远站在右边树下最靠里面的爸爸，尽管被包围在想要吃樱桃的女人们当中，他的目光却没有朝向照片里的任何一个人。他微微仰着脸，半张着嘴，表情虽然看不清，但看侧脸无疑是爸爸。

他那既没有看任何地方，也没有在跟谁说话，只是投向空中的视线，在照片里勾勒出了一条斜线。

我直盯盯地凝视着这张照片，恍惚觉得很早以前就对爸爸十分了解了，可同时又觉得照片里的人，是一个我完全不认识的陌生人。

传导到我肩头的自动售货机的热感和轻微震动，仿佛快要将那永远保持着缄默的风景震碎了似的，我站直了身子。爸爸的视线跳出了照片，投向那淡淡星辰已浮现于云端的东方的天际。

榉树的房间

第一次见到小麦的时候，我注意到她的嘴角上有一道细小的伤痕。

　　在一家小居酒屋的单间里，她坐在我的正对面。她旁边坐着的女人伸出修剪得尖尖的、镶了圈白花边的美甲，戳了戳那道疤痕，问："这是怎么弄的?"小麦答道："碰的。"然后目不转睛地盯着对方的脸瞧，就像在窥视一支胡乱配放了乌七八糟东西的试管似的。那女子移开目光，呵呵干笑了两声，又加入她右边的男人们的聊天中去了。

　　被丢下的小麦脸又朝我转了回来，从她那紧身背心里伸出来的手腕很粗，不用摸也看得出骨头架子够大的。大概是个头高的关系，她的头部和胸部都比并排坐在餐桌前的其他女孩子高出一截。她捏花生米吃的手指甲剪得秃秃的，看着都觉得疼。和她旁边那个女子的修剪得很美的指甲比起来，简直就看不出是一个人体的零部件。

　　我忽然瞎琢磨起来，万一自己对坐在面前的这个女孩产生了好感，会怎么样呢? 啤酒上来了，大家干了杯后，坐在桌子最边上的家伙，自行开始自我介绍起来。我是第四个，小麦是倒数第二个。

脸晒得黑不溜秋，也没正经化妆的小麦，只报了自己的名字："我是三宅小麦。"我旁边的一个男的不失时机地奉承道："好可爱的名字啊。"小麦"啊"了一声，毫不打算掩饰厌倦的神情。我瞧着她的脸，想象着被瓷瓷实实装在厚布袋里的小麦粉，从绽开的小窟窿里哗地一下子涌出来，没完没了地往外流的情景。为什么会突发这样的奇想，我自己也搞不明白。只觉得喉咙突然间焦渴起来，我把手按在喉咙上，咕噜咽下了一口唾沫，而不是啤酒。

小麦睁着圆圆的小眼睛，百无聊赖地瞅着我的左肩那块儿。

我当天就打听出了她的手机号，一个星期后成功地约她出去吃了饭。第三次吃饭之后，我们成了恋人。

两年之后，我们分手的时候，小麦仍然瞅着同一个地方——我的左肩头。

我时常想，和小麦度过的两个年头，该不会是彻头彻尾的浪费时间吧。两年中间，虽说也发生过不少事情，然而，在我的记忆中，与小麦的交往全都是由羞耻和失望混合在一起的东西凝结起来的表层，而自己当时的情感却冰冷地沉淀在这一表层下面。因此，我虽然也想起小麦，却像是在观看玻璃柜里陈列的古籍一样，那里面应有的意义

36

或真实感都已不复存在。

　　四年前，和小麦分手的时候，我把她给我的少得可怜的信（其实就是写在从大学笔记本上撕下来的纸条，或广告纸背面的实用性的留言之类）全部扔掉了。就连我过生日时，她送给我的名片夹和袖扣也给扔了。我想，小麦一定也把我送给她的东西都扔掉了。

　　无比奇妙的是，不论小麦还是我，都依然继续住在同一个公寓的不同房间里。

　　我自有我的理由，而小麦多半也有她的理由，或者根本就没有什么理由。

　　我马上就要结婚了。未婚妻叫华子。和她相识的经过与小麦如出一辙。一年多前，在前辈的介绍下，也可以说，是在酒桌上认识的。前辈要和同一写字楼的女孩子们去喝一杯，叫我也一起去。不过，我去赴宴并没有什么企图。当然，有女孩子参加是再好不过了。而且，当时为了正在研发的项目，整天反复进行的枯燥试验作业刚刚告一段落，我也想偶尔喝喝酒放松一下。自我介绍时，华子说她在不动产公司做接待员，就在我工作的公司下面两层。

　　我们已经见过了双方的父母，我也送了她订婚戒指，得到了回赠的欧米茄手表。明年春天华子迁入户籍，举办结婚典礼。其他琐碎的事情都是华子帮我打点的。

选定婚礼会场的忙碌的周日晚上，吃完晚饭，华子说：

"真的要结婚了吗？"

"谁呀？"

"我们哪。"

"是啊。现在正在一点点结婚呢。"

"现在？"

"对。就是现在，正在结婚啊。"

"现在？什么现在？"

"现在。现在，现在，现在，现在。"

我仰靠在沙发上，一遍遍重复着。我的现在正在这样进行着。

然后我想，小麦的现在呢？

最近，我的思考模式似乎就是以这样复杂的程序组成的，如果不回想一下小麦，哪怕是一瞬间，都难以顺利地进入下一个思考步骤。

其实，我有一阵子没有想起小麦了。

刚分手的时候，为了避免与小麦不期而遇而开了头的做法，如今已成了我的日常习惯。譬如，走楼梯而不使用电梯。还有，一楼的信箱一周只打开两回，而且还是选在人少的大清早搞定。

最近，突然增加了回忆小麦的次数，大概是因为下个月，我就要从这座住惯了的公寓里搬出去的缘故。

前几天刚刚订了婚，所以华子提议，干脆咱们住在一起好了。我这边没有什么可反对的。于是决定这个月里寻找新居，快的话，下个月中旬就可以入住了。华子的想象力因新居一事得以飞速膨胀起来。她说，在她和我的公寓所在车站的连线上的正中间一带，有着相当不错的公寓。

华子在牵牛花封面的小记事本上画了好几个四方形，在四方形里又画了一些长方形和圆形的家具，不停画来画去的，调整着房间里的布局。

"这样放，怎么样？床靠左边放，右边是电视。隔壁的房间是工作室，放书架和电脑。你说怎么样？"

"工作室？谁工作呀？"

"谅助也可以，我也可以。"

"我可不想在家里工作啊。"

"那我用。"

"干什么用？"

"打算写点什么。"

"写什么？"

"剧本什么的。"

"剧本？"

"对呀。剧本。电视剧的剧本。"

"这么说，我要当剧作家的丈夫喽？"

"是啊。谅助是剧作家的先生啊。我的签名怎么写好看呢？"

华子在记事本的四个边角上写着自己的名字。写熟练了之后，就写成草体字，潇洒地刷刷一笔写下来。

"笔名用我的娘家姓比较好吧。我娘家的姓看上去漂亮些吧？"

她一边说，一边像弹钢琴那样，在桌子上轻轻敲击着左手指。我的心情骤然愉快起来。我成了剧作家的丈夫，华子成了工程师的妻子。

四年前和小麦分手之后，我的生活几乎没有什么变化。

我刚入公司时的那种朦胧的不安和单纯已然不见了，虽说偶尔也会快没有车了才回家，却身型依旧，没有胖多少也没有瘦多少，就连对食物的喜好或发型也没有什么改变。虽然不再像以前那样对自己的前途常常抱有不切实际的希望了，但也没有特别感到绝望。只有不安至今仍然残存着。和过去相比，这不安变成了那种现实性的、狭隘的东西。

早上，我和华子在离公司最近的地铁站会合，然后一起肩并着肩地走到公司，尽管只有短短五分钟的路程。我们经过的地下通道角落里还残留着夜晚的气息，低矮的天花板上有鸽子在飞。除了从饭店方向朝车站走过来的外国观光客外，所有的人都是从车站朝着高楼大厦方向走着。我们俩绝对不会手拉手，却挨得很近，几乎是皮包碰皮包。我们俩就像在附近散步似的款款走着，人们不断地从我们身边超过去。男人们穿着千篇一律的西服，女人们穿着五颜六色的各种款式的裙装，有的宽松飘逸，有的曲线尽显。无数双鞋底发出犹如响板一般的声音，回响在灰色的通道里。

华子个头不怎么高，却丝毫不想方设法使自己加高一点，总是穿着那种学生穿的平底鞋上班。据她说，一穿高跟鞋就磨破脚，疼得慌。虽然我很想看到她偶尔穿穿脚脖子上缠一条细带的凉鞋，或者让腿肚显出优美弧度的时髦鞋子，不过，她那双穿着平底鞋的纤细美脚，在地下通道里无论多么着急赶路的时候，都显得很轻松愉快似的走在我的身边。

小麦走路很快，当她身体前倾、从对面走过来的时候，我往往会不由自主地以为自己是不是干了什么坏事。由于小麦那健康的体格和自我克制般的表情之故，她穿着很一般的衣服的时候，看上去就像是个训练中的长跑运动员。不过，小麦之所以总给人不协调的感觉，恐怕还是因为她总爱穿高跟鞋的关系吧。

小麦本来就拥有高挑的身材，却喜好穿那一类比较潮的鞋。像那种脚面上交叉着细带子的皮鞋，或者闪闪发亮的红漆皮鞋，以及滑稽演员穿的那种鞋头尖尖的、系带子的鞋等等，总之，她的鞋款式繁多。一穿上这样的鞋，小麦就变得更加高不可攀了。我以她的个头高于我而深感自豪。说起来也许有些不可思议，和个子高大的女人交友，我就会陷入自己更成熟了的错觉之中。

　　我这人有个毛病，对于身边发生的种种事情，常常喜欢以是否感觉自己变得成熟了来衡量其价值。早上，和订了婚的女人一起走地下通道去公司上班，在我内心里，也可以划入相当"成熟"的类别里。

　　那时候，我和小麦经常去神社散步。

　　大学的同学们都喜欢去街上消磨到很晚才回家，而我们喜欢去与之方向相反的，像神社啦、住宅街那样的地方散步。冬天我们俩挨得紧紧的，夏天则中间空出一个人的空隙，因为小麦特别怕热。散步途中，一感觉口渴，她就拧开神社后面的水龙头喝水。那是除了小麦和神官之外，永远不会有人去拧开的、被遗弃了般的水龙头。

　　而小麦对我的爱情，也和这神社后面的水龙头相似。

　　水龙头被拧开的时候，小麦近在我的身边，近得令我畏缩。它被拧开的时间最长的一次，是开始交往之后大约过了三个月到半年的时候。那个期间，除了去上课之外，她整天泡在我的房间里，以至于最后她退掉了位于大学相反方向的租房，搬到了我所在的公寓来。我住四〇五室，她住三〇三室。

只是，不知什么缘故，至今我也没弄清楚到底有没有什么缘故，一旦关上了水龙头，小麦就绝不再主动接近我了。我多次试图再次拧开水龙头，在自己不至于太辛苦的前提下，可以说使尽了所有的招数。譬如说，给她的门里头塞书啦，邀请她去看电影啦，给她买挺贵的烤点心啦，等等。

她在对我继续冷淡的时候，我还曾经在走廊一角的楼梯口等了整整半天。我一会儿站起来，一会儿坐下去，手掌来回摩挲着楼梯的镀银扶手。

我从午饭之前开始等，终于熬到了傍晚时分，小麦开门出来了，大概是打算去还书吧，她拎着每次去图书馆都会背的天蓝色手提包，看见我，问道：

"你在这儿干吗呢？"

"等你呢。估计能等到你。"

"你不是也有一把钥匙吗？怎么不用？"

"我不喜欢随便进人家的房间。"

"为什么？让你随便进，才给你的呀。"

小麦不停地摘着粘在长裙上的线头。

"我觉得这方面还是分清楚点的好。"

"这方面，是什么呀？"

"就是说，不想随便地、只考虑自己方便地进入小麦的私人空间呗。"

小麦仿佛在用瞳孔呼吸似的，缓慢地睁大了眼睛。她的黑眼珠里，反射着走廊上那盏刚刚点亮的荧光灯的灯光，看上去犹如生疏的暗绿色。

"我的意思就是，虽然我有你的房间钥匙，但是，我不想利用它。"

"利用……"

"对。就是不想走捷径的意思。明白？"

"当然明白。谅助，这么难的词儿你都知道啊。"

小麦的眼睛回归了平时的圆圆的小眼睛。镶嵌着又短又粗的睫毛的、素朴的生物的眼睛。

"走吧。"

小麦拉起我的手，走下楼梯，在公寓周边兜了一圈。我帮她提着沉重的天蓝色手提包，两个人就这么去了图书馆。小麦似乎没有注意到，从扶手上沾到我手心里的尘土，也转移到了她的手上。

最近，仅仅看见楼梯扶手，我就会想起这样一些往事。

只要想起一件来，就会像扣动了扳机一样，别的回忆也接踵而来。覆盖在这些回忆上的羞耻感，随着回忆的次数增加而程度不同。

　　第一次想起某件事情的时候，最使我感到羞愧。

　　随着回忆次数的增加，羞耻感渐渐减弱，但是，不知是因为回忆的距离太近了还是太远了，焦点变得模糊不清起来。最后很可能会变成朦胧的磨砂照片一般。

　　我几乎很少机会能够在通道里遇见小麦。她工作还顺利吗？她和那个家伙——为了跟他好，不惜抛弃我——的关系还好吧？

　　我总觉得他们俩的情况不那么顺利似的。

　　小麦的个性是不需要的东西就很干脆地扔掉，所以，即便她提出跟我分手的第二天就从这个公寓搬出去，也一点都不新鲜。我是这么认定的，所以根本没有去寻找新的住处。一方面我也有些赌气，凭什么被甩的人搬走啊。再说本来也是我先住在这儿的呀。

　　不知是什么缘故，一想到一个人住在那个煞风景的房间里的小麦，我的心就感到隐隐作痛。小麦房间里的东西少得出奇。那时候我所认识的那些当了大学生后，开始租房子单过的女孩子们，没有一个不是杂七杂八地摆了满屋子又容易摔坏、又招灰的小摆设，只有小麦与这种小情趣

45

无缘。除了锅碗瓢盆略微多点外，房间里只有床铺、小书架、电视机和吃饭用的餐桌等等。

我并非对她还有什么留恋。一想到那个房间里住着小麦时的痛，就如同想到灵巧地摆脱了脖子上的环套、自己走失的宠物狗挨雨淋的情景时的痛是一个性质的。

若是想象成它在蓝天下摇晃着尾巴，自由自在地嬉戏的话，反倒会感到气恼的。

我和华子交往了还不到一年便决定结婚了。在华子三十岁生日的一个星期前的一天，我一个人去买订婚礼物。

我打算去百货商场的厨房用品柜台，买华子曾经看着某杂志时说"真可爱呀"的那个水壶。乘电梯到八层，一出电梯，就是正在展销中的德国厂家的啤酒速冷器柜台，我接过店员递给我的像过家家玩具那么小的一塑料杯啤酒，一口喝干了。这时，我想起了和华子第一次见面时的聚餐上，手里拿着足有人脸大小的扎啤杯的华子，说了一句"我要三十之前生孩子"，惹得大家一片哄笑的往事来。

三十之前，她这句话里到底包括还是不包括三十岁在内呢？

我想到这儿，开始寻找起要买的那个礼物来。很容易就找到了。

我拎着红色的水壶去了收银台，胸前别着闪闪发亮的名牌的年轻收银员问道："是家庭用的吗?"

我从商店出来直奔华子住的公寓，向她求婚。华子二话没说就答应了。水壶作为订婚的纪念品，当天送给了她。一周后的华子生日那天，两个人一起又去了一次那个柜台，买了冰激凌机。华子很高兴。

华子的笑容很美丽。给我介绍她之前大家都这么说。她总是乐颠颠地咧开嘴，扑哧地笑出来，就像什么花儿在眼前一朵接一朵地绽放一般。虽说有点大大咧咧的，倒也别有一种优美。她就像被人用柔软的巴掌拍打着两个脸蛋闹着玩儿似的，笑得让人特舒服。瞧着她的笑脸，我甚至想过，这个将会成为自己妻子的女人的笑容，已然到达了风流之境了。

和小麦好的时候，我曾经得意地想，只有我一个人知道她的美。

要论小麦外表上的可取之处，就和她的名字一样，即浑身上下那非常均匀美丽的小麦色（因为就连臀部和发旋儿以及两条胳膊的内侧都是同样的颜色），和犹如笔直向上伸展的树干般高挑的身材。从远处看小麦时，会令人想起高中校园一角的高大的榉树。正如第一次见到小麦时给我的印象那样，她的胳膊和腿都足够粗，如同裸露着抗过严冬的榉树那样强壮有力。

在饭堂或图书馆和她对面坐着的时候，她喜欢很随意将胳膊伸到桌子上。坐在校园的长椅子上等我时，她老是无所事事地晃动着两条腿。每当看见她这副样子时，我就产生想要搂抱她的冲动。

小麦原本就不爱说话，两个人待在房间里时，她也总是在看书。不过，我去打工的时候，她经常会给我准备些饭团子。到了盂兰盆和正月，我回家时，她会把我送到长途汽车站。我不想看到剩下小麦一个人，像街树那样戳在地上时的样子，所以我上车后，总是坐在和她所待的候车室相反方向的座位上。也许我是不愿意从她的脸上看出，我走了以后，她到底是陷入寂寞呢，还是得到解放了呢？

我很想让更多的人知道我和小麦的事。包括一天到晚一起疯玩的大学同学，打工地方的一起轮班的人，擦肩而过的素不相识的人。同时，我又想把小麦藏到那些家伙看不到的地方。我几乎没有对别人提起过小麦。

聚餐时，即便那些喜欢八卦搞笑的家伙们问我："你和小麦小姐都玩些什么花样啊？""她爱穿什么样的内裤啊？""她喜欢怎么做爱呀？"我也不搭理他们。在他们看来，小麦既不漂亮也不温柔，只是一个有着突出的身高和黝黑肤色的女人而已。他们说，实在无法理解，像我这样一个虽说算不上喜欢交际、也不算特别孤僻的、所谓的"一般"人，居然和这样的女人交朋友。

我觉得如果一跟他们解释的话，和小麦之间的联系就会失去一些似的。所以，我一向是三缄其口。

对于小麦的变心，我是一丁点都没有意识到。

在我就职的软件开发公司，新人培训结束了。终于开始投入现场的OJT①的时候，由于一天到晚，总有人在我的身边，给我讲解着什么，所以，即便上了电车，或看着电视，只要是有人的声音的地方，经常会感觉还处于工作状态中。小麦进了大学附近的一家很小的印刷公司，分配到总务科。她本来就话少，所以从来没有对工作发过牢骚。我曾经问过她具体都干什么，她告诉我，是给客人沏茶倒水、接电话，可我还是无法想象小麦工作时是个什么样子。

那是七月第一个星期五的晚上。我像往常一样摁响了小麦房间的门铃。我帮着在厨房做晚饭的小麦，把电视机前的矮脚桌收拾干净。那天晚上，餐桌上摆的是，周末冻在冰箱里的重新加热的白米饭，小麦喜欢喝的牌子的速溶酱汤、生姜煎肉片、醋拌黄瓜裙带菜。

吃完了餐后甜点葡萄果冻后，小麦说道：

"谅助，跟你说点事。"

---

① On the Job Training，在职培训。

"什么事?"我瞧着电视新闻问道。画面刚好切换成了天气预报,日本地图上的太阳图标齐刷刷地轻轻晃动着。

我听见小麦轻轻吸了一口气。吸进去的气息在她的喉咙那儿转了一圈,又立刻返了回来,毫不犹豫地变成了一句话。

"我想跟你分手。"

"什么?"

虽然听得很清楚,我还是又问了一遍。小麦重复了一遍同样的话。第二次说的时候,比第一次稍微慢了一些,而第三次说的时候,就像吃了个烫山芋似的,说得飞快。

"分手?"

"是的。"

"这又是哪一出?"

小麦没有看我的眼睛。和初次见到她的时候一样,她那无力的目光落在了我的左肩头。那是一种已经放弃了某种东西样的眼神。

我望着默默地微微低着头的小麦,仿佛看见了曾经在小麦心中的我的分身被命令退出,可它无处可去,就坐在小麦那薄薄的眼睑和鼻头之间,责问我"现在,你怎么办"似的。

"为什么?什么理由呢?"

见小麦一味地沉默,我轻轻抓着她的肩膀晃悠了她一下，小麦好像才意识到似的，看着我的眼睛说道。

"是这样的，我喜欢上了别人。不过，我想在和谅助的事了结之后，再正式开始。"

她所说的"了结"，听起来像是"当做不曾有过"的意思。我心想，这人怎么这么不明事理啊。此时我的心情本来要变成愤怒或者悲伤的，却哪个也没变成。我只感到了自己的徒劳无力。小麦的决心很坚定。不管什么事，她向来是说到做到的。她说出想要做什么的时候，总是先一遍遍地在心里问自己，是否真的想要这么做，只有在经过严格的审查之后，觉得真的是这么想的时候，才会说出口来。已经和她交往了两年，所以，这一点连我都清楚得很。

"你说的，当真？"

尽管知道是真的，我还是问了。我觉得尽量延长说话时间，说不定能够打听出什么真实情况来呢。

"那个人，是谁呀？我认识的人？你们公司的人？"

"那不能告诉你。"

"不能告诉我，莫非是我认识的人了？"

"也可能，不过，不要再问了。"

"告诉我吧。是谁呀？"

"不告诉。"

"小麦有义务告诉我的。因为是你提出分手的。"

"什么义务呀？谁规定的？"

"没有人规定，可是，不告诉我的话，我想不通啊。快说呀。"

"抱歉。我不想说。"

"肯定是我认识的家伙吧。说吧。"

也许我的口气强硬过了头，小麦有些惧怕了。就像不会说话的动物那样，只是眼睛里浮现出抗议的神色，不吭声了。

后来沉默了几分钟，我记不清了。

在沉默的时候，我将目光从小麦的脸上移开，一边瞧着窗帘旁边的纸篓里头（那里面有我昨天扔掉的新牙刷的包装盒和西服口袋里积存了一个星期的收据），一边竭力回想着和小麦之间的往事。

认识之后的第一次吃饭。短暂的接吻。晚上的散步。早晨的做爱。暑假一起在市立图书馆打工。一起泡澡。她喝水时蹲着的背影。

小麦的手机响了，我吃惊地瞧着她的脸。小麦没有接电话，瞧着我。

"知道了。"

说完我就走出了房间。我的腿麻木了。门里头，电话铃声还在响着。

从那天以后，我就没怎么见过小麦了。

和小麦的事，尤其是她还和我住在同一座公寓里的事，是不是该和即将成为我妻子的华子说呢？我一直在犹豫。

　　因为已经结束了，因为已经什么关系都没有了，所以没有说的必要了吧。再说，自己马上就要搬出去了。不过，作为未婚夫，我总觉得这么做有点不太诚实。当然这完全是我自己所认为的不太诚实。

　　自己曾经无时无刻都在真心爱恋着的女人，就住在同一个公寓里，对于经历这件事的我来说，这算不了什么，但是对于没有这个经历的华子来说，恐怕就不一样了。

　　我常常发觉华子特别像小麦。这是在交往半年后才发觉的。并不是说话或性格，而是长得很像。特别是摘掉隐形眼镜后、戴上眼镜时的面孔，或者在床上、离得特别近的时候看着她闭着眼睛的侧脸，以及吃饭时咀嚼的样子等等。

　　当我意识到的时候，确实感觉不那么舒服。因为无意之中，自己选择了同样的女性。真是可悲呀。况且还是交往起来之后才发觉的。

　　有时候，夜里半梦半醒之间忽然睁眼一看，身边躺着华子，一瞬间，我竟然误以为是小麦呢。我拼命地把华子的五官从那张脸里揪出来，把小麦的模样摁进那张脸的最里面去。

不知是受了哪本书的影响，小麦相信有一个假想的世界。就是说，我们生存的世界其实是梦境，而在真正的世界里，所有的人都整天在睡觉。每当我俩谈不拢的时候，她就说什么"这不是在做梦吗，无所谓啦"或者"反正一直在睡觉呢"，然后闭上嘴，不再跟我争辩了。既没有道歉，也没有通过视线或者动作费心思表达什么和好之意。

只是，我觉得万一真的有这么个小麦相信的世界的话，她那结实的身体整天光是睡觉的话，可就太浪费了。小麦的身体并非是为了躺在潮湿的床上或者坐在压瘪的垫子上的，而是为了爬树啦，踢球啦，光着脚板无情地踩踏着草地走路才生出来的。

夜晚，小麦骑在我的身上时，我体味到了躺倒在草丛中、被那柔软而结实的脚板踩躏般的快感。这种时候，小麦一向是闭着眼睛的。

分手之后的四年间，我并非一直对小麦念念不忘。

当然，痛苦是难免的，但我并没有沉浸在过去的伤痛里悲伤度日。我享受了半年没有恋人的自由生活，倒也乐在其中。即使加班到末班车时间，也不用给任何人打电话。而且不用考虑营养平衡与否，想吃什么就去站前的便利店买来吃。有人约我的话，也去联谊会。还可以不用顾忌谁，和感兴趣的女孩子吃吃饭、发短信聊聊天。我还和这么认识的两三个女孩子交过朋友。两个人星期日一起去买买东西，连休一起去泡泡温泉。和这些指甲上镶着熠熠发光的小石头、穿着雪白外套的女孩子们，山南海北地胡聊一通。一般都是一年不到，就和她们拜拜了。

最开始，我还胡思乱想，要是小麦知道了会作何感想？每当这么一想，我就不由得伤感起来。可是同时，我又特别想被小麦看到周末来公寓找我的经常变换的女孩子和我单独在一起时的情景。我想以此作为对她小小的报复，尽管自己也觉得有点不像个男子汉。我虽然没有走到她的房间门口，但上下楼梯的时候，经常偷偷往三楼的走廊瞅一眼。从车站回来的路上，拐过弯后，一看见公寓，就用眼睛的余光确认三〇三室的窗户是否还亮着灯。

不过，在这漫长的四年里，我和小麦碰面只有区区五次。其中四次还只是我单方面看见小麦的。这是因为不光我尽量避免再次相遇，小麦恐怕也跟我一样。剩下的一次，我们俩正面遭遇，并且交谈了几句，是在某个早上的垃圾间外面。刚好是和华子开始交往的时候。

上班前，我拎着一袋垃圾下楼来，一打开通向公寓垃圾间的门，正看见小麦往垃圾箱里放垃圾呢。我攥着门把手，犹豫着是这么和小麦相见呢，还是关上门等小麦走了再进去呢？可是，在我得出答案之前，小麦就发现了我。小麦"啊"地张了一下嘴，稍稍后退了两步。

"早上好。"

我尽力装作无所谓的样子朝她走过去。在呆呆地站着的小麦身边，我保持着微笑，抓住箱把手，把垃圾袋扔进了最里面，并顺势扭头向她问道：

"你好吗？"

"嗯。好。"

小麦回答。还是那熟悉的嚷嚷的声音。

小麦胖了一点。灰色的旧派克风衣里面，穿着一条牛仔裙。脚上是中筒的黑靴子。因为鞋跟很高，所以她还是比我要高。头发比上次看见她时短了些，染成了亮茶色。我觉得和她的肤色相当协调。和她脸上浮现出来的僵硬表情相反，小麦的皮肤呈现出极其阳光的颜色，由不得人不去联想南洋诸岛。

"谅助好吗？"

"嗯，还好。"

"工作，还是那儿？"

"嗯，还在那儿。小麦呢？"

"我后来很快就辞职了。"

"啊？为什么？"

"种种原因……"

"现在在那儿？"

"现在在咖啡店干活。"

"在哪儿？附近吗？"

"怎么说呢……"

"小麦，你不是不喜欢喝咖啡吗？"

"现在能喝了。"

小麦显得有些不高兴，简短地回答道。派克风衣的领口上，不知怎么粘上了条透明胶带，我不知该不该告诉她。不过，这次非常快地得出了答案，还是不告诉她比较明智。

而且，我还意识到不应该再追问下去了。她为什么喝起了那么不喜欢喝的咖啡呢？在哪个咖啡店里打工呢？为什么到现在还住在这个公寓里呢？

因为是情侣，问问没有关系，这话是说得通的，然而，因为曾经是情侣，问问没有关系的道理是绝对没有的。

我看了看手表，对她说："我走了。""啊，好的。"小麦回答。我朝着车站方向走去，听见背后传来关上垃圾间的门的声音。

小麦为什么不搬走呢？

每当我看到她那从不更换颜色的窗帘时，就感到不可思议，甚至有些憋气。她是因为嫌麻烦不搬走吗？还是因为没有富余钱搬家呢？说不定，说不定有可能——因为这一想象实在有点太自作多情了，所以我好几次想要打消它——说不定是因为她还在等待机会和我恢复交往吧？

在垃圾间和小麦交谈以来，我根据她说的有限的这几句话，编织出了一些可能的情节来。

"我后来很快就辞职了。"这个"后来"大概是指和我分手以后吧？和我分手后，很快由于"种种原因"而辞职了，这句话的意思，最有可能的就是在公司里遇到了什么麻烦事。可能是因为工作上的事情，不过，也有可能是因为恋爱的事。因为小麦的男友是公司里什么人的缘故吧？因为那家伙有妻室，要不就是因为那个人在公司另有女友，脚踩两只船之类，反正对于小麦来说都是令她难堪的事情被大家知道了，在公司里待不下去，而辞了职。连搬家的钱和力气都没有，所以才一直住在这儿的。这些是我所想象的小麦的那句"后来"之中最为可能的情况了。

"现在能喝咖啡了"，估计也和那个男的有关系吧。

订婚的事，我只用短信告诉了最要好的朋友和大学关心过我的老师。回复是千篇一律的"有空喝一杯"，就好像他们用的都是同一个模板。

我从中选了近来一直没有音讯的黑川去喝一杯，他是我大学时代在录像带租赁店打工时认识的。毕业以后，我们只是通过短信联系，听说他和我从一个大学毕业后，进了某大牌广告策划公司做企划工作。拉我去参加那个遇到小麦的聚会的，也是这个黑川。而且他也是那帮起哄架秧子，想瞧我和小麦热闹的家伙们中的一个。

约好八点在公司附近的居酒屋见面。好久没见的黑川，头发剪短了，吹了个潇洒的发型。虽说他从领带到袖扣都很讲究，但学生时代的浪荡劲儿却不见了，作为他的一部分销声匿迹了。

刚一看到他，我不禁百感交集。我感觉过自己成熟了，却从未感觉过别人成熟了。

黑川要了啤酒后立刻问道：

"怎么着，小麦，怀孕了？"

"什么？"

"是未婚先孕？"

"不是。没有怀孕，再说，也不是跟小麦结婚。"

"你说什么？"

"我是说，既没有怀孕，结婚对象也不是小麦，是别的人呀。"

"骗我的吧？到底怎么回事啊？为什么不是小麦啊？"

"为什么是小麦啊？我和小麦老早就分手了。四年前的事了。差不多进公司不久吧。"

"啊?"

"有什么可奇怪的。"

"我还以为,你是和小麦结婚呢,所以才来的。怎么搞的呀?说呀。"

也难怪,我和小麦分手的事情,没有对我俩共同的朋友说过。我觉得没有必要主动去告诉别人。况且我们俩共同的朋友包括黑川在内,也只有在最初认识小麦的聚会上的两三个人。

"不结婚啊,和小麦。没有成呗。"

"因为什么?"

"这个嘛,种种原因。"

"你被她甩了吧?"

"怎么说呢……"

"果不其然。我一直就认为被甩的肯定是你。"

"你早知道我们成不了?"

"也不是那个意思……怎么说呢,说不好,不过,我以为你们会结婚的。如果不成,被甩的,一定是你。"

"真的吗?"

"其实,结了婚也有可能被甩的呀。"

啤酒上来了。我们干了杯。我一边慢慢啜着啤酒沫,一边回味着黑川刚才的话。

今后的日子里,突然有一天,华子甩了我,或者我甩了华子。无论将两个人想象成什么样状况，也只是觉得那不过是像拉洋片似的，是单薄的人造世界里发生的事情。跟小麦好的时候就是这样。然而，分手却真的发生了。就仿佛是事先预备好的似的，不由分说地跑进我的生活里来，处处留下了影子，而走的时候，却不像来的时候那样张扬，悄无声息地消失不见了。

"这回应该是不会的了。结婚的前提就是，两个人事先说好，绝对不会抛弃对方的呀。"

"你这家伙，居然还是个幻想家呢。"

"不过吧，最近这段日子，我动不动就会想起小麦。到了决定结婚的时候，突然变成这样了。老是回忆和她刚认识的时候她怎么怎么样，一起散步或者一起做饭的时候怎么怎么样等等。"

"哦，还有呢？"

"还有一起去神社啦，埋伏在楼道里吓唬她什么的，全是鸡毛蒜皮的小事。"

"可也是啊。这就和搬家的时候一样啊。搬家之前不是得收拾以前的旧东西吗？即使是想要扔掉的东西，在扔掉之前也想最后再看一眼吧。这就和搬家一样，你现在是想要把小麦扔掉吧。只不过，不忍心就这么扔掉，才会这样最后一次温情脉脉地回忆起小麦来的。"

"也许是吧。"

"对了，就像流水作业似的。以后也不会再想起来了，然后往垃圾袋里一塞，扔掉完事。对了，新夫人怎么样啊？叫什么名字？"

"什么新夫人呀。跟别人一样，是第一个夫人。"

我把和华子相识的经过，华子的性格和外貌特征，直到婚约为止的过程讲述了一遍。这些过程都不过是一年前才开始的。

虽然第一次见面是在六年前，但至今我对小麦的记忆跟当时一样的鲜明。就连曾经躺在我身边的小麦那曲线复杂的耳朵轮廓，以及那里面的曲里拐弯的黑洞洞都特别清晰。

回家之后直到睡觉之前，我对自己念叨了好几遍黑川说的话。为了忘却小麦，你现在才频繁地想起她。那么，不再想起她的话，难道就说明已经把小麦给忘掉了吗？

事到如今，那个即使不这样回忆，自己也已经把小麦忘得差不多了的念头，以及不这样回忆的话，自己就忘不掉小麦的念头，从仰面躺在床上的我的身体两头涌上来，还没来得及融合便又被一点一点地拉回身体两头去了。

我琢磨着该如何面对从下周将要开始的和华子的新生活，还有，为准备搬家而装箱打包的排序，以及该怎样加快已经有些拖误了的编程工作。我宁愿就一直这么想到天亮。我不想梦见小麦。

星期日，我和华子去买打算放在新居的家具。

在百货店的七层，从北欧进口的价格不菲的家具足足摆了一层楼。华子一下扶梯，就在离扶梯最近的窗帘卖场流连忘返，翻来覆去地用手指抚摸着她喜欢的窗帘布料。我只对她说了句"窗帘的颜色要素一点的"，便去了旁边的餐具卖场。

我瞧着铺着白布的桌面上摆放的大大小小的各式餐刀和叉子时，发现最边上有个像饭勺似的特大勺子，不由得拿了起来。一想到可以用它来往嘴里扒拉像猪排盖饭啦、咖喱饭等等，突然觉得肚子饿起来。它旁边放着的照片上，一大盘子稠糊糊的炖菜配着这把大勺子，大勺子下面是一排并非英语的罗马字拼写。我抬起头，正好看见了还在窗帘卖场转悠的华子。

华子不像小麦。大概不像吧，你说呢?

我对着手里攥着的勺子上的我的倒影问道。那边的那个女子名叫华子，虽说身材窈窕，脸庞清秀，性格开朗，可是她不说话的时候，总是摆出那么一副一本正经的神情。她头发黑黢黢的，个头比我矮半个脑袋，从不穿有跟的鞋，领口上也不会粘上条透明胶带什么的。所以说，跟小麦一点儿也不像。

我就要跟那位幽灵般游走在五颜六色的花布之间的女性结婚了。我敢肯定，由于抚摸那些窗帘的时间过长，这会儿她食指的皮脂已擦掉一些了。

　　华子正叫住一个店员，一个劲地询问着什么。只见她扭动着脑袋，四处看了一圈，发现了正在餐具卖场的我，使劲招手叫我过去。我把勺子放回原处，也同样朝她招手。

　　我拿过的勺把儿蒙上了朦胧的白雾，不一会儿又恢复了原来的银色。

　　当天晚上，华子就住在了我的公寓里。华子盛了一盘子她做的拿手菜回锅肉，盘子里插着我买的那把特大号勺子。曲线优美的勺把儿，一大半伸在盘子外面，很不相称。

　　"我说，你干吗买这么大的勺子呀？"

　　"这样的多好啊。"

　　"哪儿好啊？这是和那种大餐盘配套使用的勺子呀。比方说宴会上给客人夹菜的时候用的。"

　　"也许吧。"

　　"买了也没地方用呀。"

　　"当然用啊。每天都用。"

　　"吃什么用？"

"盛饭什么的。"

"哦。"

华子说着，抽出大勺往自己的碟子里舀了一大勺圆白菜。然后，又盛了一碟子明显肉比较多的递给我。

华子很会做菜，干活也很麻利。我并不是因为她做得一手好菜才决定跟她结婚的，只是想要结婚的女性碰巧会做菜，这使我觉得自己很幸运。吃饭的时候，我说了好几遍"很好吃"。考虑到才开始交往，如果夸赞过头了的话，怕人家听着以为我在恭维，所以一直比较慎重，不过，吃到确实好吃的东西，我还是禁不住赞美起来。

"很好吃啊，回锅肉。"

"刚才你盯着这个勺子看来着吧。"

"啊？"

"这个勺子。"

"没有啊。"

"肯定看了。谅助，我发现你经常这样直盯盯地看什么东西。"

"是吗？"

"不知道是在想什么，还是什么也没想，不过，请你也偶尔这样看看我好吗？"

"嗨，我能想什么呀……"

"跟你说几句话，行吗？"

从华子嘴里说出了跟四年前小麦一样的话来。现在我俩坐的坐垫是我的，餐桌上摆的食物和屋子角落的纸篓也不是小麦房间里的，但对我问话的华子的脸突然和小麦的脸重叠了。

　　我霎时间想到，该不会是我俩的关系已然结束了？就像当年小麦突如其来的那样。

　　华子并没有注意到我失魂落魄的表情，把靠墙壁放的花提包拉过来，从里面拿出了一沓旅行指南。

　　"这些是我拿来的，你回头看看吧。我觉得马尔代夫啦，或者巴厘岛、苏梅岛都不错。你提交休假申请了吗？"

　　我呆呆地看着这堆花里胡哨的厚厚的小册子。只听华子失望地说着"又是这种眼神"，把它们往我腹部一捶。

　　"我会看的。"

　　我想要通过她这一下给自己腹部带来的压迫感来确认我和华子还没有结束。华子说："不一定马上看，可是一定要认真看看。"然后松开手，继续吃她的饭了。

　　现在电视屏幕上出现的不是天气预报，是一部我不知道的演员出演的打斗片。正演到飞速追车的惊险场面。华子嘴里一边嚼着，一边指着画面里正在开车的中年男人说："这个人吧，这回虽然死里逃生了，最后还是旧病复发，死掉了耶。"

　　"是吗……"

66

我还是觉得小麦的事可以不告诉华子。

四年前和住在楼下的人分了手的事，她是个什么样的女人，现在做什么等等。这些往事，就如同追车镜头里的那个满脸是血、为逃命而开得飞快的、最终死于旧病复发的主人公一样，离自己仿佛很遥远。

我似乎正在通过和以前不同的方式，把小麦渐渐忘掉。

睡觉的时候，在关了灯的房间里，华子问我：

"真的结婚吗？"

"真的。"我回答。

"绝对结婚啊。"

"绝对结婚。"我说。我看着华子的脸。

眼睛没有习惯黑暗，看不清她的五官。我伸出手去抚摸她的脸，手指肚触到了她湿润的嘴唇。华子一动不动地躺着。

搬家的那天天气晴朗。房间里的家具和行李全都搬空了之后，我用抹布把地面擦干净，最后环顾了一遍空荡荡的房间。虽说是从上大学开始住了八年半的房间，被搬家公司派来的两个浑身肌肉的搬运工搬走了家具后，眨眼之间变得空空如也了。

不知道离华子到这儿来还有多长时间，我习惯地回头朝墙上看，可是墙上已经没有钟了。我从口袋里取出手机，看了看时间。离约定的两点，还有十几分钟。

我慢慢在房间中央坐下来，向后躺倒。纤细的尘埃在没有窗帘遮挡的窗外射进来的光线中飞舞着。我用手支撑着腰部，将腿伸向空中，无聊地瞧着忽而张开忽而收拢起来的脚趾头。秃秃的小趾甲黯淡无光，说不清是什么颜色。

记得那是和小麦分手不久前的事了。我们都已经进入了社会。难得小麦跑到我房间来玩的时候，我想要站起来，膝盖却猛地撞到了桌角上。因为太疼了，我躺倒在床上，站不起来。平时不太爱笑的小麦，看着我的样子哧哧笑了。

"哎哟，疼死了。"

"没事吧?"

"你瞧瞧，都紫了。"

我挽起被我自己剪得不长不短的牛仔裤，让小麦看。刚才碰着的地方淤了血，变成了淡紫色。

"真的紫了。我去拿点东西来吧。"

"什么东西?"

"冰块什么的。"

"不用了。很快就好。再说冰块什么的，我这儿也没有。"

"哦。"小麦说着，打开了桌上放着的我刚开始看的书。大概是我觉得有点不过瘾，还想逗小麦发笑的关系吧，一边观察着自己的膝盖一边夸张地说道：

"这么大一块儿青啊。真吓人哪。人的身体真是不可思议啊。一摁就特别疼，你瞧。"

我摁了摁，装出疼得要命的样子，小麦从书上抬起眼睛，又看了看我那块青紫。我这么摁来摁去的，那个地方越来越紫了。

我偶然抬头一看，见小麦并没有露出我所期待的笑容，而是一脸抱歉的表情。她一点责任也没有，却像个失败得很惨的孩子似的，长长的身体缩成了一团。她不再看书，身体一动不动，自言自语地说道：

"那儿，说不定会落疤瘌呢。"

"疤瘌？"

小麦稍稍皱了皱眉头，紧紧闭上了嘴。我突然间意识到，她没准会哭出来的。我们第一次见面时她嘴角的伤痕变成了浅茶色，在她紧闭着的嘴角左边留下了一个印记。

"落了疤瘌也无所谓呀。我是男的。其实，也不会落疤瘌的。只不过碰了一下。"

这么说着，我意识到自己做了一件傻事。其实这个小

69

伤痕一个星期就会消失不见的。我为自己的幼稚而后悔不已，在这么个小事上把小麦那少有的温柔给糟蹋了，这感觉和疼痛合为一体，使我再也坐不住了。

于是，我莫名其妙地去洗手了。我只感到心痛。觉得心情舒畅了，我才回到小麦身边坐下来，打开了那本书。这是小麦那时候看的小说的上卷。里面的用词都很古雅，其实无论哪一页，我都只是看了半页。

我现在穿着和那天一样的牛仔裤。这条白线头乱七八糟地缠绕着的、自己剪成七分长裤腿的牛仔裤，那时候是我的最爱，经常穿着它。可是四年之后的现在，它已经沦落到只配在房间里穿的家居服了。为了给小麦看膝盖时挽起的两条裤腿，如今因地球引力，都耷拉着。

现在终于都结束了，我心里想。我以为自己会落泪，却没有。我已经很久没有哭泣了。

裤子的屁股兜里，有小麦房间的钥匙。分手以后我一直把它放在装改锥啦、钳子之类的很少打开的工具箱里。今天早晨，为了摘灯罩，想要拿改锥，才发现了它。我好像知道它在这里，又好像早就把它扔掉了。我觉得应该把它处理一下，就随手塞进了屁股兜里。可是，既不能当垃圾扔掉——因为那个房间里现在还住着人，而工具箱里又没有可以把它砸坏的锤子。

我把手伸进屁股兜里，掏出了那把钥匙。这是在大学附近的五金店里做的暗银色的钥匙。如果拿着这把钥匙，去敲三〇三的门，告诉她我要结婚了，会怎么样呢？然后，瞧着小麦那吃惊的表情，或愤怒的表情，或祝福的表情，或轻蔑的表情。和小麦见面，现在肯定是最后的机会了。

　　门铃响了，华子走进房间里来。华子会比我晚一个星期搬进新居。我一下子松懈了，将举得老高的腿咚地一声放回了地上。

　　"屋子都搬空了啊。原来有这么大呀。你刚才睡觉呢？"

　　我坐了起来，把钥匙塞进了屁股兜里。

　　"打扫完了？"

　　"嗯。"

　　"我本来想帮你打扫的。"

　　"不用。"

　　"那咱们去新房那边看看吧。搬家公司的人，多半已经到了吧？"

　　"嗯。"

　　华子把我拉起来，拍了拍我背上的灰尘。我拎着最后一袋垃圾，让华子锁上了房门，走出了公寓。

　　朝着车站走去之前，我在马路对面抬头朝住了八年半的那个房间的窗户望去。空空如也的房间的窗户，在其他挂着窗帘的窗户包围之中，犹如缺了一颗牙齿。

"真傻。"

"你说什么？"

华子从不远处问道。

我朝四〇五室左下方的三〇三室望去。几秒？还是几十秒？说不上到底看了多长时间。我感觉那个窗户的窗帘好像和以前看到的窗帘颜色不大一样了。

回头一瞧，华子已经转过身，沿着弯弯曲曲的小路，朝着车站慢慢走去了。她右手里拎着的我曾经住的房间的那串钥匙，发出哗啦哗啦的声响。那串钥匙的影子和她的影子一起在小路上跃动着。

在跟华子说话之前，我再一次抬头看了那个窗户一眼。残留在我眼睛里的小路上那个影子重叠在那条没有见过的窗帘上面了。两点过后的阳光非常晃眼。

山
猫

杏子正要往大玻璃杯里倒开水的时候，客厅里的电话铃响了。从壶嘴倾斜而出的热水，溶化了干土渣样的咖啡粉。杏子把水壶放回煤气灶上，去接电话。

　　"喂，请问是小暮先生的家吗？"

　　话筒那边传来一个女人的声音。

　　杏子立刻绷紧了神经。这个声音听着很生疏。

　　"是的。"

　　她刚一回答，对方就语速飞快地问道：

　　"哟，是杏子吧？"

　　"是我。"

　　"不好意思，突然打搅。我是松枝。好久不见了，你好吗？"

　　杏子这才想起来，对方并不是外人，是母亲最小的妹妹，嫁到冲绳去的小姨松枝。听说她的婆家在一个小岛上，经营着家庭旅馆，她也在旅馆帮忙。可是叫什么岛，杏子一下子想不起来了。倒是外婆的声音清晰地在她耳边响起："我这六个闺女中，就数这个嘴甜了，长得又好看，脑子又好使，最给我长脸了。"每当亲戚聚会的时候，去年去世的外婆，都会自豪地这样说。晒得黑黝黝的松枝小姨，从脖颈到胸脯都特别柔嫩而丰满，每当听到别人夸赞而害羞得哧哧笑时，就会像用小勺子挖着吃的布丁那样跟着颤悠起来。

"我很好。小姨呢？"

"我好着呢，好着呢。我们这边热得不得了。你们那边梅雨也完了吧？"

"是啊，早就完了。我们结婚的时候，您大老远来参加婚礼，真是太谢谢了。"

然后，聊了一阵子家常话。杏子一一回答着小姨的提问，关于新居和新婚生活的情况、蜜月旅行去的意大利、墨鱼的墨汁做的意大利面条和投进特雷维喷泉里的硬币等等。小姨说"真是羡慕你呀"，可杏子却感觉自己说话的口气活像在模仿电视里的旅游广告。

"小姨，您打电话来有什么事吗？"

"是啊，有点事想麻烦你啊。"

松枝小姨说到这儿，压低了声音。

"我家的小枝吧，说她暑假想要去你们那儿瞧瞧呢。"

杏子极力想象着表妹枝的容貌，可是，脑子里怎么也浮现不出她清晰的模样来。

婚礼开始之前，在休息室里，小姨给自己介绍表妹的时候，虽然觉得她长大了不少，但记住的却不是她的脸，而是她的背影。枝穿着胸前别着一朵向日葵的黄色短连衣裙。被她妈妈戳了一下，枝才怯生生地小声说了句"恭喜你"。说完，马上就躲到一边去了。婚礼开始后，杏子坐在台上环顾着婚宴大厅时，看见亲戚席里的这个高中生表妹虽然很腼腆，却犹如开错了季节和场所的花朵一样引人注目，和穿着高贵的长裙、珠光宝气的亲友们形成鲜明对照。她身上的连衣裙是松枝小姨给她挑选的吗？还是枝自己选的呢？杏子想要问问身旁的成了自己丈夫的男人的看法，可是，和新郎之间离得比较远，没办法耳语。

　　松枝小姨继续说道：

　　"她说想要去看看东京的大学。她现在是高中二年级，不过，明年就要考大学了。她想要报考东京的大学。我就是搞不懂，干吗非要去那么远的地方上大学呀，九州不是也有很不错的大学吗？可她总是叨叨东京好东京好。"

　　"是吗？"

　　杏子渐渐明白了小姨来电话的意图。也估计到她想要麻烦自己的是什么事了。

　　"唉，我想既然她这么说，那就干脆让她去趟东京，自己亲眼看看东京是怎么回事也好。反正还没有开始报考呢，而且她这么实地去一趟瞧瞧，肯定会厌倦那边回来的，我敢打保票。我跟她说过，你跟不上那边的快节奏。比方说吧，杏子结婚的时候，我们都上不去出勤高峰时的电车，那种生活压力她根本就不懂的。"

杏子听见话筒那边吸溜了一口气之后，随即传来了一声巨大的叹息，犹如大风乍起一般。

"所以呢，还是让她自己去瞧一瞧实际情况比较好吧。要是上了大学之后，才发觉自己还是不适应大城市，又退回这边来的话，那可就竹篮打水一场空了。"

"哎，可不是吗。"

"当然我陪着她去最好不过了，可是旅馆这边特别忙。一到了暑假，学生就一拨接一拨的。所以吧，实在是不好意思，能不能让这孩子在你家打扰几天啊？"

果然不出杏子所料。"嗯。"杏子刚一沉吟，松枝小姨就像不给杏子片刻犹豫的工夫似的，继续说了下去。

"当然了，你们要是不方便的话就算了。新婚燕尔嘛。可是，你也知道，咱们家的亲戚住在东京都内的只有你呀。我想，住市内的话，一来不管到哪儿去，交通都方便，二来这孩子也可以了解一下大都市到底是什么样子的。她在石垣岛上高中，所以，现在是在亲戚家里住着呢。这孩子挺懂事的，知道住在别人家里的分寸。你看，行不行啊？"

杏子现在住的房子还算宽裕。除了他们夫妇的卧室外，还有一间小房间。虽说他们并不打算永远这样租房子住，但又不能保证当孩子长到需要单独房间的时候，能够立刻从这里搬出去。所以，尽管杏子认为新婚之家一居室就够了，可是，懒得搬家的秋人坚持要一次到位。在那个四榻榻米半的备用房间里，现在还原封不动地放着几个刚撕掉了胶带的纸箱子。明知道指甲刀就在其中一个箱子里，可是刚一搬来，杏子就去附近的日用杂货店买了一个新的来。

"小姨，也不是没有地方住，只是客人用的被褥之类的还没有买呢。"

"哎哟，那不正好借这个机会买来嘛。你们住进新家已经两个月了吧？不管小枝去还是不去，既然成了家了，这些东西迟早也是要准备的呀。"

"哎，倒也是啊。"见杏子表示同意，小姨高兴起来。

"杏子家的公寓能看见东京塔吗？"

"看不见。东京塔特别远。"

"是吗？你家在几层？"

"我家在三层，一共七层。"

"正合适啊。这孩子最不喜欢住高层了。在家里住二楼都不乐意呢。你说，她是不是不适合去东京呢？"

晚上，秋人回来后，杏子向他汇报了这件事。他一边往衣架上挂西服，一边说"可以让她来呀"。杏子靠着客厅的墙壁，松了口气，可心里仍有些不踏实。

"是那个来参加咱们婚礼的女孩子吧。就是穿着那条漂亮的黄色连衣裙的女孩子吧。"

"是她。"

"很有股子野味啊，那女孩子。是从西表那边来的？"

"啊，对了，是西表岛。"

杏子直到挂断电话，一直都没来得及问小姨住在哪个岛。

秋人洗完手，去了厨房，没有招呼靠着墙的妻子，自己打开了电饭锅。小奶锅里有大酱汤，微波炉里有炖鱼，电冰箱里有圆白菜丝沙拉。见杏子站着不动弹，秋人只好自己开始往餐桌上端菜。

杏子瞧着往沙拉上洒调味汁的丈夫，没有想到他还记得小枝。秋人向来是记不住别人长相的，而杏子对他这一缺点丝毫不觉得讨厌。

"说是下个星期来。我想让她住那个小房间，放一张沙发床可以吗？"

"嗯，可以呀。买床的话，只有一种功能。"

"周末一起去买？我先去看好了。"

"好啊。"

"那个纸箱子也不能放在那屋了。"

"嗯，那个也周末再说吧。"

秋人把所有的饭菜都端到了桌子上后，一边看电视一边吃起来。杏子坐在他对面，和他一起看电视时，两人忽然都感觉到了对方的视线，互相对视了几秒钟。秋人陷入了一种错觉，仿佛自己的身体被折叠得很小，收进戴着隐形眼镜的妻子那黑黑的瞳孔中去了。秋人想，在这个女人的黑色瞳孔里面，有一块整天都为自己空着的地方。

杏子和秋人是大学同学。不过，直到毕业，他们在大学里一句话也没有说过。

再次见面是毕业五年后，杏子经人介绍到秋人工作的私立大学图书馆里当签约职员的时候。和杏子同时进图书馆的还有两个人。秋人的目光停留在了其中一个年轻一些的女人的上半身，垂下眼睛后，又抬眼看了一遍。女人穿着四方领口式样的黑色针织衫，很有弹性的质地衬托出高高隆起的胸部的优美曲线，令人惊艳。那曲线完美得让人不得不再度确认一次。要问他究竟是靠什么得出的这一判断呢？为了寻找别人不具备，唯独她才具备的理由，秋人偷偷瞅了瞅并排站在旁边的两个女子的胸部。他并没有意识到，其中一个女子一直盯着他的脸呢。

而杏子呢，第一眼就认出了秋人。他就是那个被人叫做 autumn 的，总是穿着一件颜色灰暗的方格衬衫的男生。

从大学一年级到三年级，他们一直在一个英语班上学习。一年级的时候，有一次，班上同学相互介绍自己名字的由来，他在黑板上巧妙地使用粉红色和黄色的粉笔画了一片红叶，讲解道："My name is Akihito. It means autumn people, because I was born in autumn."他的画虽然受到了表扬，但他的英语立刻被老师加以纠正。从此以后，从墨尔本来的艾丽斯老师，就非常亲切地管他叫起了"autumn"。进入新学年后，新来的直美老师以及下一学年的卡斯丁老师也都这样叫他。

从这个名字被延续下来就可以想见，来自外国的老师们之间，至少会有一次谈论过他吧。事实上，在他身上，并非没有那种外国的女性想要赞他"cute"的氛围。自从意识到这一点以后，杏子便不由自主地对秋人的言行格外关注起来。不过，当时她有一个往来于他们二人公寓的要好的男生，所以直到毕业也没有想要和他怎么样的具体愿望，只限于在教室里观察被人一叫"autumn"便很痛快地答应的秋人。

所以，几年后，当杏子见到穿着深紫色 V 领背心、系着领带站在图书馆的工作人员办公室里的秋人时，立刻认出了此人是"autumn"。只不过觉得他的个子略微高了些。因为以前看见他时，他基本上都是坐着的，所以对于他的身高没有准确的印象。该不该跟他打声招呼呢，她犹豫地瞧着他，然而他始终都没有看她的眼睛，于是她就没有招呼他。

最终，杏子跟秋人说话是在她进图书馆工作两个星期之后了。当她告诉他"咱们是同学"的时候，秋人说："啊，是吗?"然后，目不转睛地盯着杏子看。其实这并不代表他记得杏子。杏子主动约他去吃了几次饭。起初他们聊大学时的往事，后来随着见面次数增加，便谈起了毕业后的发展啦、各自的家庭啦、分手的女友男友等等。当聊完了作为朋友能够聊到的所有话题后，便成了恋人。半年后便订了婚。

上大学的时候，就应该跟他说话的。在成为恋人之前和之后，杏子时不时感觉后悔。秋人可以说是非常理想的夫君。首先，他非常看重她的意见。虽然他也提出自己的看法，但从不强加于她，也不像她以前交往的那些男人那样，表面上装作尊重女人的意见，实际上是懒得动脑子，让杏子烦得慌。说得极端一些，他简直太会做人了。在办理借书手续时，关照那些调皮捣蛋的坏学生的是他；在慰劳宴会上，照顾那些喝高了的上司的也是他。杏子看着都为他起急。人家也没求你帮他，完全可以不去管的，干吗非得自己找罪受啊。

订婚后的一个周末，杏子一直想要看的一部电影离开演还有十分钟了。就在这个关口，一对外国人夫妇，手里拿着旅游手册，在十字路口转来转去。秋人主动上前跟他们搭话，热情地领着他们去了车站的售票处。"拜拜。"他挥手和外国人夫妇告别后，电影已经开演十五分钟了。杏子气得脸对脸地瞪着秋人。那天，发了脾气的杏子在站前自行取消了约会。可是，她的气还没消，关闭了手机，坐了一站电车，在下一站的月台上消磨了两个小时后，又返回原来的车站，一个人看了那个电影。

不是还在放映预告片吗，咱们进去看好了。生哪门子气呀？

看电影的时候，杏子脑子里仍回旋着秋人临走时，慢条斯理地说的话。直到看完了电影，她的心情还是不痛快。真是的，一边看着电影，一边还一直想着银幕上没有的人，简直傻到家了。这么一想，她就更加气不打一处来。为了看电影而后悔，还是二十九年来头一遭。

看见从检票口出来的枝时，杏子想起了那次看的那个电影。

虽然无论头发的颜色、肤色还是年龄，没有一样相像，可是，杏子却感觉电影里的中年女主人公和枝真是像极了。那个女演员金发碧眼，雪白的皮肤焕发着肥硕海豚般的光泽和重量感。她那喋喋不休的样子给人印象深刻。和她正相反，枝肤色黝黑，瘦瘦的。不过，两人相像之处是面部同样的毫无表情。枝的脸部扁平，缺乏生动的表情，光看她这张脸，令人不敢相信，她居然曾经穿过那件漂亮的黄色连衣裙。大概是眉毛过稀的关系吧，她的眼睛显得出奇的大。遗憾的是，这对大眼睛也让人感觉不到任何意志的成分，只是茫然不知所措地张望着空荡荡的站前广场。

"小枝！"杏子朝着刊挥挥手，她也没有露出一丝高兴的神情来，只是点了一下头。她一手提着塞得鼓鼓囊囊的红色波士顿包，一只手拎着大丸百货店的纸袋。杏子要帮她提一个，被她拒绝了。

开步走之前，杏子指着不远处的一座七层高的公寓说：

"我家就在那儿。离车站很近的。晚上回家也很安全。"

枝没有反应，杏子用眼角偷窥着她的表情。她把头发束到脑后，前额光光的。杏子注意到她那漂亮的富士额上有粒胡椒大小的青春痘，顿时从心底涌起了一股想要好好照顾这位小表妹的冲动。

"你觉得东京凉快吗？"

穿过广场，从弹子屋拐弯的时候，杏子问道。枝目不转睛地从玻璃门外往弹子屋里看。

"弹子屋，你没看见过？"

枝摇摇头。

"看见过？没想到西表岛也有啊，弹子屋。"

"西表岛没有。不过我见过。"

"是吗？在哪儿？"

"石垣、那霸、福冈等等。"

听她说话，感觉还是蛮镇定的，只是声音越来越小，到了句尾几乎都听不见了。还是个孩子。杏子稍稍放心了一些。

"弹子屋这种地方，从外面路过都觉得噪音特别大，进里头去，就更别提了。耳朵被震得快要聋掉了。"

"我知道。"

不知是失去了兴趣呢，还是原本就没有兴趣，枝只管往前走。

不管是结婚之前还是以后，杏子几乎不做肉类的菜，而今天为了欢迎表妹，破例在烤箱里烤着一卷猪肉。

"这个给您。"杏子接过来的大丸百货的纸袋里头，装的是松枝小姨做的冲绳点心。杏子马上就着绿茶吃了两三个。枝没有吃，只喝了杯茶，就回房间里去了。杏子开始继续准备晚饭。枝一直没有从房间里出来，杏子心里也惦记她，可是为了做一道甜点巧克力慕斯，正忙活着把硬币大小的做甜点专用的巧克力化开，还要把蛋清打出沫来，所以也就没有叫她。

听见玄关有动静，杏子停下了手里的木铲子，看了一眼钟表，才六点。虽然他说早点回来，可没想到这么早。杏子继续忙着手里的活儿，可等了半天，也没见秋人到厨房里来。杏子用毛巾擦了擦手，去走廊瞧了瞧，没有看见丈夫。又去玄关一看，发现枝的鞋不见了。她慌忙回到小屋里去找，只有半开着口的波士顿包扔在套着花布套的沙发上。

她从客厅来到露台上，朝马路上张望。杏子是近视眼，路上的行人几乎都看不清，不过，似乎没有和枝相像的人。西斜的太阳透过公寓的缝隙照射在杏子所在的露台上。夏日傍晚的风声呼呼掠过。看样子明天也够热的。杏子将胳膊搭在露台栏杆上，轻轻叹息了一声。不过，还没等被风吹起的一绺头发落到她的肩头，她已经回到屋里给枝的手机打电话去了。隔壁房间里响起了手机彩铃的声音。是吉卜力的电影音乐，杏子也听过，可它究竟是《魔女宅急便》里头的，还是《风之谷的娜乌西卡》里的，实在想不起来。慕斯已经倒进容器里，只等它晾凉了。杏子走出家门，进了电梯。

从一楼的门厅往外走的时候，杏子看见枝呆呆地站在自动锁的玻璃大门外面。她一边抓着脑门上的青春痘，一边瞧着数字显示器发愣。看见了走过来的杏子，枝退后一步，等着她开门。枝一只手里拿着一瓶可口可乐。从里面打开门后，刊微微低着头，走了进来。

"你突然没影了，吓了我一跳。以后出去的时候，要带上手机哟。"

杏子说道，尽量不带着责备的语气。然而，枝根本没有一点害怕的样子，只说了声"对不起"。

"你去买可乐了？"

"是。"

"家里也有饮料，想喝跟我说，不用客气。"

"好的。"

枝右手里拿着的是红色标签的可乐。在商店里，贴着"无卡路里"的黑色标签的可乐也和它并排摆放，杏子只要想喝可乐的时候，必定会选这种的。杏子觉得两种味道一样，如果要选，当然会选择黑色这种。可是，一起工作的同事或大学老友都以"味道绝对不一样"为由，专门买红色商标的可乐喝。在杏子眼里，他们是很讲究、很尊贵的一类人。枝也属于这一类人吗？如果是的话，自己就需要稍稍纠正一下对她的态度了。杏子这么想着，对厨房里正在做的烤肉和巧克力慕斯突然没有自信起来。

秋人结束了图书馆的工作，坐上了早于平日的七点的电车。

在电车里，他断断续续地想象着这个从西表岛来的穿黄色连衣裙的女孩子。虽说是亲戚，可在他们的新房里留宿外人还是头一回。秋人并不是个迷信的人，不过，他觉得第一次来自己家住的人不是喝醉酒的同事或唠唠叨叨的双亲，而是外地来的一个纯洁少女，毕竟是件吉利的事。一定要尽量招待好她。在这方面，他对妻子尤其信任。她会做一手好菜，会准备好干净的被褥，还会带她去跟自己无缘的东京热闹的地方看看吧。

中途，有几个女高中生下了车。她们个个都是一头明亮的茶色烫发，穿着带闪闪发亮的粉红色蝴蝶结的上衣、超短裙、藏蓝色长筒袜。今天回去将要见到的那个女孩子，可不是像她们这样子打扮的。一定是个比她们更朴实的、不爱说话的腼腆的乡下姑娘。他这样随心所欲地想象着，感觉到了某种温馨。原来有女儿的感觉就是这样的啊。

一打开家门，一股香草的香味扑鼻而来。他看见一双没有见过的白色匡威帆布鞋。"有女儿了"的想象又在他头脑里扩展开来。在脱鞋之前，他拿起花洒给观叶植物喷水。"你回来啦?"这时，从里面传来妻子的声音。

"我回来了。"他一边应答着，去了客厅，看见餐桌上摆放着筷子和扣着的玻璃杯，妻子盘腿坐在沙发上看电视。

"你回来了。"

看杏子的神情似乎有些莫名的紧张。

"小枝呢?"

"在她房间里。"

杏子指着和他们的卧室之间隔着个客厅的小房间。

"那就吃饭吧。"

杏子站起来,重新系了系围裙,走到枝的房间外,敲了敲门。

"小枝。秋人回来了,出来吃饭吧。"

她的声调听起来轻松而悠然,和平时没有什么两样。于是,秋人觉得,刚才杏子那紧张兮兮的神情也许是灯光照的吧。他打算脱去衬衫,换上舒适的家居服,可转念一想,第一次一起吃饭,还是应该正式一点,就没有换衣服,坐在了沙发上。

他拿起茶几上的报纸,扫了一遍电视预告栏后,抬起眼睛,看见小房间门口站着枝。

"啊,你好。"

因过于突然,秋人不由自主地站了起来,枝依然站在原地,没有一丝笑容。

秋人觉得这个女孩子的眼睛很大。出席婚礼的时候,她虽然穿的是很扎眼的裙装,不过,现在这身素朴的打扮,反倒使她显得比较成熟。秋人又朝她笑了一下,她仍然没有笑。难道这个孩子总是这副表情吗？她的目光很锐利。以秋人已有的经验来看，说她是在瞪着他也一点儿都不过分。就仿佛自己侵入了这个少女的神圣领地似的，他莫名其妙地感觉挺抱歉的，于是秋人先移开了目光。

厨房里的微波炉嘟嘟响起来，戴着花纹合指手套的杏子端着一盘冒着热气的菜走了进来。

"小枝，让你久等了。"

杏子招呼道。枝回过头来，微微低了下头。

"秋人，自我介绍过了？"

"哦，还没有。"

"小枝，我丈夫秋人。在图书馆工作。"

枝又一次盯着秋人看起来，不过，这回有妻子在身边，他表现得落落大方的。

"你好。我家地方小，多包涵。"

"不是的，是我打扰了。"

枝低头致谢。趁这工夫，夫妻俩对视着微微一笑——呵，这孩子挺懂规矩的——是啊，很懂事的孩子吧。

杏子瞧着枝的脚，说道：

"啊，小枝，你得穿拖鞋啊。今天虽然吸了地，可是我家不太干净。"

枝顺从地回房间去，穿着夫妇俩周末刚去买来的粉红色拖鞋出来了。

三个人围着餐桌吃饭，但枝几乎不说话。杏子说起了为参加招工面试而填写的履历表，秋人聊着来图书馆借书的冒傻气的学生。虽然被问及有关打工和对什么感兴趣，枝也没有给出一句像样的回答。倒是问到她父母开的旅馆，还算说了几句话。

　　"现在是暑假，特别忙。"

　　"肯定忙啊。小姨说她想跟你一起来，就是没时间。"

　　杏子把烤肉切得薄薄的，给枝的盘子里夹了几片。

　　"不过，现在雇了好多临时帮工呢。"

　　"是吗？多好玩啊。等人少的时候，我们也去玩玩吧。我们还没有去过冲绳呢。"

　　"我去过。"

　　秋人往嘴里塞了片烤肉，一边嚼一边说。

　　"啊，你去过？"

　　杏子端着送到嘴边的绿茶杯子，问道。枝正在将恺撒沙拉里的炸面包块扒拉到碟子边上去。

　　"嗯，去过呀。是上大学的时候。我还去了西表岛呢。一路上都是提醒游人小心山猫的牌子，对吧？"

　　听秋人一问，枝停下了扒拉炸面包块的筷子，"嗯"了一声。

　　"我记得在某个租车铺的等候室里挂着个牌子，上面写着：'西表岛交通事故死亡：0。人：第一千零几天。西表山猫：第二百零几天。'我一看，心里就琢磨开了，虽说一千零几天，没有人被汽车轧死，可是在二百零几天之前，就有山猫被轧死了。如此说来，人倒成了稀有动物了。"

尽管枝的嘴依然闭成一字形，但随着鼻子里噗地响了一声，一点点地露出了笑容。杏子和秋人见了，再次对视了一眼，微笑了。

"可是，我叔叔，上个星期被车撞了。"

枝突然说。

"什么？你叔叔？没事吧？"杏子吃惊地问。

"腿骨折了，住了院。下周出院。"

"是吗？那就好……真危险哪。"

杏子把绿茶杯子端到了嘴边。杯子里的冰块嘎啦嘎啦响着。

"我问你，西表岛真的有山猫吗？我怎么一次也没见过呢？你见到过吗？"

秋人这么一问，枝一边吃一边回答。

"嗯，见过。只见过两次。"

杏子喝干了绿茶。枝和秋人聊起了山猫，一直持续到杏子端来巧克力慕斯。

"这孩子有点儿怪。"

在卧室里说这话的是杏子。隔着起居室那边的枝的屋子里一点动静也没有。她觉得正往脸上抹乳霜的手指尖触到了一个什么东西，凑近镜子一看，是个小痘痘，但是无论大小还是性质，都和枝额头上的不是一回事。

她看见镜子里躺在床上的秋人，右手搭在额头上，身体稍稍朝自己这边侧着。

"是吗？那个年龄的孩子都那样吧。"

秋人想起在电车里看见的穿超短裙的女孩子们，有点不好意思起来。

"好像不大开朗。"

杏子盖上了乳霜的瓶盖儿，将热乎乎的手紧紧贴着自己的脸颊。然后稍微挪了挪椅子，躲开了直吹她的空调。

"去车站接她的时候，总感觉她不太高兴似的。我也不知道该跟她说些什么。"

"刚才她不是挺爱说话的吗？"

"还不是因为秋人会说话呀？"

他把手从额头拿下来，对着镜子里的杏子问道：

"这几天怎么安排的？"

"明天先参观大学。计划参观的大学名单已经给我了，按顺序带她去。"

用遥控器打开空调，关了电灯之后，杏子就上了床。秋人将他的鼻子紧紧抵在妻子的脸颊上。杏子的脸上刚刚涂了乳霜，湿乎乎的。秋人刚把手伸到妻子的胸部，马上就被拉到了肚子上。秋人往腹部下面伸，又被拽了上来。

"那个孩子在咱家期间，就算了吧。"

"嗯。"

秋人轻轻地亲吻杏子的脖子。杏子拉起毛巾被挡住了秋人的嘴。

"下次吧。"

秋人只好平躺下来，双手枕在头底下。他侧耳细听，听到了电车驶过的嗡嗡声。差不多快到末班电车的时间了吧。在杏子均匀的呼吸声感染下，秋人也闭上了眼。就在秋人蒙蒙眬眬快要睡着的时候，杏子突然说了句什么。

"什么？"

秋人睁开眼，瞅着杏子的脸问。杏子闭着眼睛问道。

"你和谁去的西表岛啊？"

"和大学的朋友。"

"两个人去的？"

"嗯，两个人去的。"

"是吗？"

杏子翻过身来，把脸埋进了秋人的臂膀里。秋人也侧身轻轻地抱住了她。杏子想起了被人叫做"autumn"时代的丈夫。不知他那个时候是不是已经去了西表岛了？

而秋人则想起了那个和他一块儿去西表岛的"朋友"。

她是住在公寓隔壁房间的一个研究生，比自己大一些。去西表岛一路上，只要一看见提醒游人小心山猫的指示牌，她都会兴奋地指给开着车的秋人看。

十六开的大学笔记本上写着的大学一共五所，都是私立大学。好在这五所大学都在山手线沿线或者山手线圈内，于是，杏子上网查了从车站去这些学校的路线，打印出来放进了手头用来装简历的信封里。

换好衣服从房间里出来的枝，跟昨天一样把头发束在脑袋后面，纯灰色 T 恤下面穿了一条牛仔裙。"咱们出发吧。"杏子对板着面孔的表妹笑着说道。

"小枝，你可真瘦。"

杏子在门口一边戴帽子一边赞赏着，小枝只是摇了摇头。

"你参加什么活动吗?"

"参加合唱部和网球部。"

"两个部都参加了? 秋人高中的时候也参加了网球部呢。"

"是嘛。"枝回应道，然后像昨天那样用手指挠了挠额头上的小痘痘。

虽然不到十一点，杏子却感觉外面的温度已经超过了三十度。平时这个时间段尽量不出门的杏子，觉得全身就像被热气包裹着似的，头一阵发晕。可是，一看到旁边的表妹那张紧绷绷的面孔，她心想，自己不能不振作起来，便又重新把帽子往下拉了拉。

在炎炎烈日的烤晒下，杏子的体力最终还是没能坚持到傍晚。午饭前看了一所学校，午饭后看了两所，就已经是她的极限了。况且枝并不是为了参加入学指导和说明会而来东京的，只是说"想来看看学校"。所以，不管去哪所学校，她们也只是混在学生里面，在校园里四处转转，往楼里头瞅上一眼而已。

一开始，杏子仿佛又回到了学生时代，兴奋地和枝一起在校园里转悠，可是越走越热得受不了，来到最后一所学校的时候，她便在校门口找了块阴凉地坐下来，让枝自己一个人进去参观了。她摘下帽子当扇子使劲扇着，可依然汗津津的。一群学生有说有笑地从她面前走过去，根本没有朝坐在那里的杏子看，他们好像正兴高采烈地谈论着研究小组集训或是联谊会的事情。

大约过了半个小时，枝回来了。杏子提议先去一个凉快的地方歇歇脚，解解暑，然后再回家。于是，她们走进了地铁通道阶梯边的一家咖啡店。

"咱们吃点冰激凌什么的吧。"

见枝瞅着柜台旁边的冰柜，杏子这么问道。"嗯。"枝点了点头。一进入有空调的地方，让人顿时神清气爽，杏子不觉心情平和下来，望着枝挑选冰激凌时挑花了眼的样子，心里想："这孩子，还是挺可爱的。"柜台里面的店员微笑地等着她们这两个既不像姐妹、又不像母女、也不像朋友的顾客挑选冰激凌。

杏子也要了跟枝同样的东西。她们各自端着放着杏仁豆腐味冰激凌和橙汁的餐盘，坐在禁烟席最靠里的座位上。枝说了句"我吃了"，然后一脸严肃地拿起小勺伸进冰激凌里舀了一勺。

店里面除了几对情侣、几位独自一人的女顾客以外，其他几桌都是大学生模样的人。在这样的店里，一想到自己在请小表妹吃冰激凌，杏子不禁觉得舌头上的冰激凌凉冰冰的，沁入心脾，一种自豪感油然而生。尽管和小表妹还达不到特别融洽，也没发现她性格上明显的亮点，但是对于既没有弟弟妹妹又没有要好的后辈的杏子来说，如果眼前这个孩子是自己的亲妹妹的话，应该能够给她提供更多更深入的建议。杏子一边用小勺把开始融化的冰激凌拨拢到碟子中间，一边端详着表妹平板的表情。她已经吃完了冰激凌，这会儿正一边用桌上的纸巾擦手，一边喝着橙汁。

当两个玻璃杯里的橙汁只剩下冰块儿的时候，杏子的手机响了。她从手提包里拿出手机一看，显示的是个陌生号码，"抱歉。"杏子向枝说了一声，接了电话。由于周围声音嘈杂，杏子问了好几遍，才知道电话是杏子上周报名参加面试的某商场的日式点心店打过来的。本来约好下个星期面试的，可是因为突然走了两个人，所以打电话来，问她明天能不能过去面试。明天原计划是陪刊继续去参观大学的，杏子这么想着瞅了枝一眼。这时，她想起了小姨对自己说过的话，"偶尔也得让她在人多的地方一个人锻炼锻炼"。虽说是面试，最多也不过是半个小时的事，这段时间让她待在商场里等我，不就行了吗？杏子想象着枝一个人在食品卖场里转来转去的情形，觉得有点可怜，但还是答应了下来。

挂了电话后，杏子简要地对枝说了一下明天的安排，枝只答了句："知道了。"见她举起了拿着纸巾的手，杏子以为她要去摸额头上的小痘痘，谁知她只是把垂到脸上的一绺头发拨到了耳朵后面。

这天，秋人满心期望妻子和年轻的表妹为了消磨时间，会到自己工作的地方来玩。他很想瞧瞧那个皮肤黝黑的表妹在阳光下是什么模样。然而大学的图书馆里面是不允许非工作人员随便出入的。所以，秋人趁着每次从坐椅上站起来办事的机会，向办公室窗外张望。

"小暮老师，你怎么了？"

向他问话的是两年前和杏子一起进图书馆工作的那个

胸部硕大的女人。她坐在自己的坐椅上望着他。

"哦，没什么事。"

"你今天老是往窗外看，心神不定的，没什么事吧？"

今天，这女人的丰满胸部被天蓝色的衬衫包裹着。从扣子和扣子之间的缝隙中，能够隐约看到她里面穿的内衣。大约半年前她戴上了眼镜，周围的女同事都起哄说她"特适合戴眼镜"，但秋人觉得，她还是不戴眼镜更好看些。

就在秋人说着"也没什么……"岔开话题的工夫，女人已经摘下眼镜，丢下摊在桌上的厚厚的选书单，走到了秋人旁边。

"今天也够热的啊。"

秋人下意识地向右边挪了半步。

"暑假你打算去哪儿？"

"还没有考虑呢……"

"哟，现在还不考虑哪行啊，你太太会生气的。再说了，不早点决定的话，连机票都订不到的。我想去塞班岛，所以五月份就开始预订机票了。啊，真想早点儿到假期啊。"

秋人意识到她想跟自己聊休假的事，便只是听着她说，并不多问。

"窗户旁边太热了。"女人忽然说道，取出插在笔筒里的保险公司给的团扇，用力扇起来。女人的衬衫前胸被风吹得鼓胀起来。秋人将目光移向窗外。说出了自己的想法。

"其实，我想去西表岛。"

"西表岛吗？"女人吃惊地问。

"妻子的亲戚在那边开着一家旅馆。既然有这样的便利条件，就想去那边玩玩。"

"是吗，那可真不错啊。啊，不过说起来，我还去过石垣岛呢。"

女人讲起去石垣岛旅游的事来。

其实，两年前，在跟杏子交往之前，秋人曾经背着同事，和这个女人一起吃过饭，还送她到她家门口过。不过，后来两人从不再提起此事了。

秋人一边有一搭没一搭地应付着她，一边在脑海里描绘着妻子和少女走在窗外成排的法国梧桐树下的情景。

秋人到家时，和前天一样，只有杏子一个人待在起居室，依然是那个姿势倚靠在沙发上。

"今天怎么样啊？"

"嗯，还行吧。"杏子回答，然后疲惫地朝厨房走去。秋人先去卧室，脱去了汗湿的衬衫，换上黑色马球衫。他感觉背后好像有人在看他，回头一看，是枝站在起居室里，正从敞着的屋门外瞧着自己。秋人吃了一惊，一边押着衣襟，一边说着：

"啊，真是不好意思。看来不能这样敞着门啊。"

他把脱下的衬衫塞到看不见的地方后，就去厨房给杏子帮忙了。

"有什么我能做的吗？"

"不用，你去那边等着吧。米饭还是盛这么多，可以吧？"

系着围裙的杏子，把盛好饭的碗递给秋人。"嗯，够了。"秋人点了点头，杏子不言声地接着忙她的。

秋人听话地自己先坐到了餐桌前。枝又缩回了自己的房间，把门敞开了约五厘米。秋人去取沙发上的报纸时，也一直留神不朝门缝里头看。

准备好饭桌，杏子朝小房间喊了声："小枝，吃饭了。""哎。"枝立马出来了。秋人从两人的说话声音里已经听出了一家人似的温馨感觉，禁不住想要感谢一下什么人。

杏子瞧了一眼枝，说道：

"啊，小枝，又光脚了，在家里要穿拖鞋啊。其实，这家里没那么干净啦。"

枝低头看了看自己的脚，和昨天一样回房间去，按杏子叮嘱的穿上拖鞋后，坐回到饭桌前。

"好了，吃饭吧。"秋人对两人笑着说。杏子先用遥控器打开了电视，才拿起了筷子。

枝去泡澡的时候，夫妇二人放松地坐在沙发上。杏子一边喝着加了冰块的梅子酒，一边对身旁看电视的秋人说：

"哎呀，真是累惨了。"

"今天吗？"

"嗯，天儿又热，又走了那么远，快把我累趴下了。小枝倒是精神头十足地到处走个不停。看来，原计划一天五所学校，还真是欠考虑呀。"

"真的吗？我还以为你们会来找我呢。"

"你们学校不在小枝的名单里。"

秋人拿过杏子的杯子喝了一口，冰冰的，口感稍微淡了点儿。

"啊，对了。我明天要去百货商店面试。日式点心店突然人手不够了。"

"是新宿的？还是涩谷的？"

"新宿那边的。看这架势，肯定马上会被录用呢。"

"这样啊。好啊。你面试的时候，小枝怎么办？"

"我想让她在百货大楼里等我。偶尔也得让她独立一下试试，这也是她来的目的之一呀。"

"可是她还没成年，又是人家的孩子，要是出了事可麻烦了。"

这时，哗哗的喷水声停了，洗澡间的门哗啦一声开了。

"她带着手机呢，没事吧。其实吧，今天最后去的大学也是刊自己一个人进去转的。"

枝擦着湿漉漉的头发走进了起居室。杏子让她喝冰箱中的冰绿茶，但枝拿着红色标签的可乐，而不是绿茶，进了自己的房间。

杏子又看了一遍写好的简历，把它放进信封里后，和枝走出了家门。

外边似乎比昨天更热了。走到车站一进入有空调的候车室里，杏子就掏出手绢轻轻地擦拭着额头和脖子上的汗。透过对面的玻璃窗，可以隐约看见等车的人。杏子坐直了身子，又整了一下领子。坐在她身边的枝翘着二郎腿，手托着下巴，盯着电车进站的方向。昨天枝也是这样，只带了个挎在肩上的小包。而且，那个小挎包儿的皮革是特别显旧的褐色，准是松枝小姨用过的东西，杏子猜想着。只有在使用手机时，那个小挎包才会被打开。那里边好像没有装着笔或本儿什么的，也没见她参观大学的时候，记点儿什么有关那所大学的情况。杏子充了三千日元的公交卡给了枝，她把它塞进了自己的裙子口袋里。

走到百货商店里卖食品的地方，杏子一看到正在招工的日式点心店，就停下了脚步。

"小枝，我现在要去面试，你等我一会儿。百货店里哪儿都行，不过，一定要待在有手机信号的地方。完事之后我马上给你打电话。"

枝点了点头，茫然地环顾着商场里面。在摆得琳琅满目的商品柜台和满面笑容的商场店员的映衬下，刊显得格外无助。杏子突然感到不安起来。

"小枝，你可千万不要跟着不认识的人走啊。要是有可疑的人跟你搭话，也不要睬他，赶紧到店员多的地方去，知道吗？"

"知道了。"枝答道，然后一转身走了。杏子总觉得好像还有什么没有交代到的事情，无奈时间不多了，她只好朝日式点心店走去。

店里刚好有几拨儿客人，两个女店员正忙活着接待客人。其中一个是大学生模样的年轻女孩子，另一个已是人到中年，她可能就是给自己打电话的那个负责招工的人吧。杏子站在不挡道的地方，等着合适的说话机会。等到客人都走了之后，约好的十一点半已经过去十分钟了。

"哎呀，真是对不起啊。这个时候来买特产回家探亲的人特别多。这么忙的时候，偏偏有两个人辞工了，真是受不了啊。亚子，我带她去面试，你先给照看一下吧。"

中年女子说完，那个叫亚子的年轻女孩笑着回答"好的"，对杏子也笑了一下。杏子心想，这女孩子脸圆乎乎的，皮肤又白，蛮可爱的，和枝完全不是一个类型。枝要是这样的女孩的话，也许会相处得更好呢。杏子跟在女子后面走着，心里还是不免有些担心，扭头朝楼梯方向搜寻着枝的身影。

中年女子走进工作人员的专用入口，从堆放着包装好的商品的阴暗通道穿过，在一扇写着"科长室"的白色的门外站住，敲了敲门。里面坐着一个矮墩墩的男人，年龄好像比杏子大些。那个男人听到"科长，面试的人来了"之后，"噢"了一声，从正在看的文件上抬起头来。

科长满面红光的，在荧光灯的光照下，活像个地藏王菩萨。当杏子看见科长眼镜后面那对目光犀利的小眼睛盯着自己时，不禁浑身哆嗦了一下。科长看完杏子的简历后问："你的时间灵活吗？"杏子回答说"灵活"。当他看到杏子简历上写着"图书馆职员"时，开始闲聊起来，"我老婆也是……"云云。不过，说话的是科长和日式点心店的那个女子，杏子只是笑着附和。几分钟后，科长突然转向杏子说道：

"请问，你能尽快来上班吗？一方面是因为人手不够，还因为明天商场里有一个培训，你能来参加吗？如果错过明天的话，就要等到下周了。这样一来要推迟一周多才能来店里上班。所以，可以的话，希望你明天能来。行吗?"

"明天……"杏子把后面想说的话咽下了去，换成了"明天，没有问题"。科长听了，说"那就这样定了"。然后把杏子的简历放进抽屉里，又接着看刚才的文件了。一回到点心店，那女子就从里面拿出一套黑色的围裙和三角巾，把它们放到纸袋里交给杏子。告诉她说，培训的时候要把它们穿戴上。

杏子刚才回答科长问话时之所以会犹豫，是因为考虑到枝的事。可转念一想，星期六，秋人应该在家，陪枝参观大学的事交给他就行了。所以杏子才决定去参加培训的。名单上还没有参观的大学，今天不去的话，明天让她和秋人一起去不也行吗? 尽管杏子不太愿意承认，可不管怎么说，比起自己来，枝跟秋人似乎更容易亲近。培训是从中午十一点到下午三点，结束后马上回家，还可以做一顿精致的晚餐呢。想到这儿，杏子的心情立刻轻松起来，她从手机的电话簿中找出"枝"的名字，拨了出去。枝在商场三层的女装卖场，杏子去找她时，见她正倚靠着扶梯旁边的墙，无聊地晃悠着两腿。

"对不起，让你久等了。"

杏子说。比原先预想的时间已经晚了二十分钟。枝没有表现出丝毫不安或不满。她俩一前一后乘上扶梯。

"小枝，明天我必须来参加这里的培训，需要半天的时间。所以，如果你同意的话，秋人可以带你去四处转转。今天咱俩先去银座，好好逛逛东京。好不好？"

杏子回头对枝说。

"可是，大学呢？"

"今天去也不是不行，但是对于大学，秋人比我更熟悉一些。秋人工作的学校虽然不在你的名单里头，不过，他说不定可以带你参观他们学校的图书馆呢。"

枝一边用手指玩弄着挎包带，一边目不转睛直盯盯地俯视着杏子。杏子感觉枝对自己不自然的笑脸似乎有所怀疑，赶紧补充道："当然，今天去也没问题的呀。"

"知道了，那明天去大学吧。"

听枝这么说，杏子松了口气，对着扶梯侧面光亮的墙壁整了整头发。她发觉墙面镜子里的枝一直盯着自己头顶看，便又回头冲她笑了笑。

杏子和枝上了昨天没有乘坐的中央线，从神田换车后，在有乐町下了车。在电车里，两人都站在靠近车门的地方，倚在各自身后的扶手上。车窗外出现了护城河的时候，枝把脸凑近车窗向外张望，等护城河渐渐看不见了，她又扭回头来，拧起小挎包背带来。

"你有什么想去的地方吗？"

杏子试探着问了一下，不出所料，枝摇了摇头。

　　"那咱们就去和光的钟楼，或御幸大道那一带逛逛，吃个饭吧。你饿了吧?"

　　枝嗯了一声，点了点头。

　　出了车站，两人去了晴海路。枝走着走着就落到了后面，于是杏子放慢了脚步等着她，好和她并排走。只要杏子一不留神，枝就会莫名其妙地卷入与她们相反方向——回车站去的方向——的人流里去。每当这时，杏子就拽住她的挎包带，把她拉回正确的方向来。

　　太阳毫不留情地暴晒着，路上的行人都用手绢或用手扇着风走着。杏子小心翼翼地把帽子摘下来，用手绢擦去额头上的汗。远远看见和光大楼时，杏子就指着它告诉枝："那个就是有名的和光大楼。"因为还看不见最关键的大钟，所以枝只是点了点头。到了十字路口，刚一穿过人行横道，杏子便回头指着大楼顶部的大时钟，让枝看。泛绿色的钟表盘上，指针刚好指向一点半。马路的街灯上挂着力争举办奥运的红旗，一直延伸到很远。

　　被阳光晒得头昏脑涨的杏子，扭头朝枝看时，发现她一边将她那双匡威鞋跟往花坛上蹭着，一边盯着从对面走过马路来的三个女高中生。也许刊是对她们的打扮感兴趣吧，于是杏子也跟着打量起她们来，这时，其中一个女生意识到了杏子她们的目光。她不大高兴似的向后拢了把头发，又和两个同伴悄悄说了些什么，一边小声嬉笑着，一边从两人旁边走了过去，留下了一股刺鼻的香水味。杏子脑子里不由得浮现出自己刚来东京时的情景。这时，她又感到一阵晕眩，不由自主地抓住了枝的手腕。

杏子带着枝走进了一家位于街口的咖啡馆。枝就像查字典似的，盯着菜谱看了半天，挑来选去，最后点了一份大虾三明治套餐。杏子要了份鸡肉三明治。甜品里带了一小份冰激凌，当杏子的三明治吃到还剩一半的时候，枝已经连冰激凌都吃得光光的了。

"还想吃点些什么吗？好不容易来一次，要不然再要一份冻糕什么的吧。"

枝犹豫了一下，接过店员递过来的菜单，点了草莓冻糕。

刚进店时被晒蔫儿了的杏子，等到结完了账的时候，又来了精神。再说，和周日就要回去的枝一起出来，今天是最后一次了。所以杏子想尽可能多地带她去看看东京壮观的、有代表性的地方。

穿过御幸大道，在前往日比谷公园方向的路上，枝开口问道："东京塔在哪边啊？"

"东京塔？"

"上回来东京的时候，从车里看见了。"

"东京塔的话，要乘地铁去，但还不算太远，你想去看看?"

"如果可以的话……"

枝这一并不怎么积极的提议,倒让杏子意外地感到高兴。找到了地铁口,她们走下了楼梯。几分钟之后,她们从御成门站的出口出来,透过树林,就可以望见东京塔了。

"哇,真的看见了。"

枝发出了赞叹。杏子对枝说:"是吧,看到真的了吧!"

然后,杏子看了看道旁的地图,往东京塔方向走。

枝边走边不时地抬起头,有时还停下脚步盯着东京塔看。由于在地铁里走了不少路,杏子刚刚恢复的体力,又渐渐沉重起来,可是一看到枝的表情,觉得带她来这儿是来对了。而且杏子自己虽然来过这边,却没有登上过东京塔。当然她并非一定要上去一趟才罢休,但枝既然想看,作为表姐就有义务陪她玩,直到她满意为止。而且,和难得见面的枝一起,第一次登上东京塔,作为这个夏天的回忆也不坏吧。这样想着,杏子直后悔没有带相机来。

不知道是不是因为正值暑期的缘故,虽然不是节假日,售票处、观光电梯入口全都是人。枝不小心撞到了一个外国女人,她那浑圆的胳膊从吊带背心里伸出来。杏子对她说了声"sorry",她微笑了一下走了。离售票处不远的地方聚集着很多人，她们走近一看，围观的一圈人中间，是一只穿着背心的猴子和穿着同样背心的耍猴人正在表演。见枝眼睛一眨不眨地盯着看，杏子就说："我先去排队，你在这儿看吧。快排到的时候，我给你打手机。"说完，便走出了人群。枝冲着已经转过身去的杏子后背说了句什么，这时，周围突然爆发出一阵掌声，枝的眼睛又被耍猴的吸引过去了。

杏子买了票后，站在了一直排到了大厅外面的队尾，然后，她悄悄地把便鞋脱了，活动了一下受了半天挤压的脚趾。大脚趾的根部已经被鞋皮磨红了。杏子撕了些纸巾垫在上面，重新把脚伸进鞋里。

排了四十分钟后，前面还剩十来个人，很快就可以进观光电梯了，杏子打手机叫枝过来。从不远处枝所在的方向发出的掌声和电话里枝说话时响起的掌声，相隔一瞬间的时差传进杏子的耳朵里。杏子笑着对从队列中穿行过来的枝说："马上就到咱们了。"

电梯门开了，里面的人走出来了。电梯小姐引导着排队的游客，杏子她们也跟着队列往前挪动。

"是要乘这个吗？"

这时，枝问道。杏子点点头，笑着说。

"坐这个一下子能到顶上了。你不会是想爬楼梯吧？"

还没等她说完，枝就说：

112

"我不坐电梯。"

"啊?"

"我不想坐这个。"

杏子死死盯着垂着头的枝的眼皮,简直被她搞得是一头雾水。

"为什么啊?"

杏子大声问道,周围的人都朝她看。有的人互相对视,露出迷惑不解的神情,也有的人不出声地偷偷直乐。

"不是你说的想要来的吗?我可是排了四十分钟才排到的呀!你要是不想坐的话,刚才排队之前怎么不说啊!"

"可是……"

一直低着头的枝说。

"可是什么?"

"可是,可是我有恐高症啊。"

杏子这才想起来,小姨在第一次打电话时说过的。顿时,杏子打心底涌上来一股气,一是气自己竟把这个事给忘了,二是气枝不早说。

"知道了。"

杏子笨拙地从队列里钻出来,朝着车站方向快步走去。枝紧跟在她后面。杏子回头看看她,语速很快地说了句:

"今天哪儿也不去了,回家吧。都累了,回家歇

113

着吧。"

枝嗯了声，杏子也不看她，快步朝车站走去。无论是在车站、电车里，还是在回家的路上，她俩一直保持着一前一后的状态。

结束了一周的工作，秋人带着轻松的心情回到了家。客厅里没有亮灯，只从客厅两边的房门下面露出一点光亮。

"我回来了。"秋人说着走进了卧室，看见杏子躺在床上翻看着杂志。她已经换上了睡衣，洗去了彩妆。

"怎么了，今天?"

秋人笑着问道。

"没怎么，今天大热天的出去走了好多路，又遭了通罪。"

"让你受累了。看来阿杏也上岁数喽。"

"没错，上岁数了。"

听她话里带着刺儿，秋人换上马球衫后便站在床边，闹着玩地想用手掌去捂妻子的脸颊，却立刻被杏子推开了："太热了，别闹了。"

"回头麻烦你件事。"

说完，杏子就起身下了床，去了厨房。秋人归拢起脱掉的衣服，拿着杏子搭在梳妆台的椅子上的浴巾，出了房间。"小枝，吃饭啦。"他顺便向枝的房间喊了一声。

当他把脏衣服放进洗衣筐里的时候，听见客厅里发出很大的声响。他大吃一惊，慌忙跑回客厅一看，端着一盘烤鱼的杏子和穿着睡衣的枝正互相瞪着对方呢。

"怎么回事？"

秋人提心吊胆地问道，杏子把盘子放到饭桌上，说了句"没什么"，便回厨房去了。枝也不高兴地转身回了自己的房间。

"等一下，到底怎么了？"

秋人追着妻子去了厨房。

"没什么，我只是让她穿上拖鞋。"

杏子边往碗里盛饭边说。

"就为这个，那么大声说话？"

"可是，我都说了她三次了呀。只能说明她是故意的。"

"不会吧……其实也没必要勉强她穿拖鞋的……再说，你也用不着生那么大的气呀。"

"在咱家穿拖鞋可是规矩！"

杏子端着放了三个人饭碗的餐盘，故意撞了一下秋人，回到起居室，一个人坐在饭桌边。然后朝枝房间那边抬了抬下巴，示意秋人去喊她。秋人只好站在枝房间前招呼道：

"小枝，饭做好了，快吃饭吧。"

没有回应。他回头一看，杏子两只胳膊肘支在桌子上，用两手托着下巴看着他。她就跟监考官一样，秋人心里嘀咕着。

"喂——小枝呀，吃饭喽。"

秋人轻轻地有节奏地说道，枝马上打开房门，穿着拖鞋走了出来，木呆呆地站在门口。秋人朝她一笑，她便温顺地坐在了杏子旁边。

吃饭时，只是秋人和杏子两人在聊，虽说和前两天没什么变化，但是聊天中间出现的短暂沉默，以及三个人使用筷子的细微动作，都让秋人感觉有些做作。他也说不清是为什么，总觉着自己要担负起责任来。

秋人让自己放松下来，为了不制造一点点沉默的时间，他决定继续跟妻子没话找话说。

"这汤怎么这么好喝啊。味道就跟餐馆做出来的似的，就是有点辣，你瞧我都出汗了。你不热吗？"

杏子咽下嘴里的一口汤后，冷淡地回答：

"热吗？我还感觉有点冷呢。"

"把空调调低一小会儿得了？"

"不行。就这样合适。"

杏子拿着空调遥控器，把它转移到秋人手够不着的地方。

"你怎么这样啊。调低点吧，小枝也不热吗？"

秋人问了问穿着天蓝色半袖派克衫的枝。杏子把视线移向电视机，不打算介入他们两人的对话。

"我也觉得热。"

枝断然说道。杏子瞟了她一眼。枝把拿着筷子和碗的手放到桌子上，看着秋人，而不是杏子。

"热吧？瞧瞧看，二对一啊，还是把温度调低点吧！"

秋人伸手正想去拿放在桌子那头的遥控器，吃了一惊的杏子赶忙将遥控器藏在自己的屁股下面。

"喂，喂，你不大对劲呀。"

秋人苦笑着说道。

"不行，一会儿就觉得合适了，瞎折腾什么。"

"真是的，芝麻大点小事，干吗这么认真哪。不好意思啊，小枝，稍微忍忍吧。"

"没事，我脱件衣服。"

说着，枝就拉下派克衫的拉链，露出黄色的吊带背心。她虽然胸部扁平，但没有戴胸罩，针织吊带背心凸显出了她的乳头。秋人夫妇同时移开了目光。

星期六早上，杏子起床以后，秋人和枝两人已经出门了。她去厨房一看，水槽里放着两个烤箱里用的碟子和两个马克杯。

今天也是个晴天。起居室的窗户大敞着，杏子开了空调后关上了窗户。她悠然地吃完早饭，又精心地化了妆后，出了家门，去参加日式点心店的培训。

培训教室里大约有十个人。有年轻的女大学生，也有和杏子的母亲年纪差不多的妇女。大家都围着各个店发的围裙。坐在杏子旁边的是一位戴着一对大耳环的年轻女子，那耳环大得都快把她的耳垂给扯掉了似的。她系着带刺绣的白色围裙，头上还裹着一条别致的蕾丝三角巾。她准是从西饼店来的吧，杏子这么猜测着，低头看了看自己围着的没有任何装饰的黑色围裙。

走进教室来上培训课的老师是一位身材矮小、皮肤晒得黑黑的中年男子。他一边笑着发资料一边自我介绍起来。杏子从笔袋里拿出自动铅笔在资料上做了很多笔记。听课时，她也并非没有想起一道出门的秋人和枝。

昨天晚上，杏子提出要秋人带枝出去玩的时候，秋人十分爽快地答应了。而且还对杏子说："你要是累了，明天早上就多睡一会儿吧。早饭我来做。"虽然未提及东京塔之事，但秋人说出这些话来，可见自己的脸色有多么不好了。现在这么一回想，杏子不觉有些羞愧。确实，昨天自己太没有大人样了，居然和一个高中女孩子闹别扭。虽说有点累，可也说不过去。于是，她决定今天要早点回家，多做些好吃的补偿一下，对枝也要热情一些。这样一想，杏子的心情渐渐平静下来，不禁对讲课的男老师微笑起来。于是乎，老师也很客气地朝她笑了一下，杏子觉得有点尴尬，慌忙低下了头。

三种不同角度的鞠躬方式的练习结束后，老师边做着夸张的动作边说：

"接下来，请大家换个方向，和你旁边的人面对面坐着。然后，各自做一下自我介绍，轮流说说自己为什么选择这个店，以及最近让你开心的事情。聊天的时候，要留心对方听话和说话的方式，以及对方给人印象好的地方或不好的地方。限时十分钟。现在分针指的是七，指到九的时候为止。好了，现在开始。"

杏子和旁边那位戴大耳环的女子面对面了。"请多多关照。"那女子笑着对她说。杏子笑着回礼后，她便爽快地起头说起来。

"我叫泷谷夕子。今年上大二，专业是英美文学。我参加了电影研究兴趣小组，爱好也是电影鉴赏。嗯……大概就这些，行了吧？"

她冲着杏子一歪头说道，大耳环也跟着晃动起来。

"嗯，我觉得行了……我是小暮杏子，以前在图书馆工作，现在是家庭主妇。兴趣是料理。"

"你最擅长做什么菜呢？"

"嗯……什么菜呢……都是一些家常菜吧，我做的咖喱饭，丈夫说挺好吃的……不过，他是那种不管对什么都赞美的人……"

"嘿，你丈夫真不错啊。"

"你平常做饭吗？"

"我一点都不会做饭。可能没有掌握好要领，每次做饭都特别花时间。所以我特别崇拜擅长做饭的人呢。"

"也不是啦，我还算不上擅长啊。"

"可是，你每天都做，好棒啊。"

这么紧绷着神经对话的时候，杏子不知为什么特别想见到秋人。与其和给人好印象的大学生互相赞美对方地生活，还不如冒着大太阳，和秋人、枝一起逛东京，这要有趣得多得多。谈到最近有什么高兴的事时，女孩子举出了在兴趣小组自己拍的电影，在某个比赛中获得了二等奖等等。还说她将来打算从事和电影相关的工作。同样的话题，杏子谈到了高中生表妹从西表岛来自己家里做客的事情。

"什么？从西表岛来的？"

女孩子探出身子问道。

"放春假的时候，我刚刚去那边旅游回来。多好啊。那个女孩子见过西表山猫吗？"

"她说她见过。"

"嘿，太棒了！是什么样的呀？我看见过很多山猫照片，可是一次也没见过真的。"

杏子想起秋人也说过同样的话。

"我也不知道，好像不是那么容易看见的。"

"山猫可不简单了，虽然是猫科，还会游泳呢。"

女人不知道是从哪儿查到的，说起了山猫和家猫的区别。为什么一说到西表岛，大家都会谈起山猫呢？对于连照片也没有看过的杏子来说，山猫绝对是无关紧要的。可是，谈论山猫的那些人之间，仿佛有一条自己看不见的线将他们连接了起来似的。杏子表面上摆出一副无所谓的样子，内心却隐约觉得惶惑不安。

"你那个表妹是个什么样的女孩子啊？"

杏子想了想，回答："很安静，眼睛很大，是个可爱的孩子。"

男老师看到长针指到了九，就拍拍手叫大家停下来。

培训一结束，杏子就马上回了家。她脱下白衬衫和黑裙子，换上了纯棉的无袖连衣裙。冲了杯速溶咖啡后，她从书架上抽出大约十本过期的《今天的料理》，放在茶几上，然后脱了拖鞋，躺在了沙发上。她从书里挑了几道晚饭的备选菜，并在该页贴上浮签。看着看着她开始犯困。一看表才四点多，先打个盹儿再去买东西吧。杏子这么想着，起身去卫生间的时候，从玄关传来了一阵响动，她知道是秋人和枝回来了。

"你们回来了。"

她去玄关迎接二人，只见秋人正掀动着马球衫给肚子扇风。一看见她秋人便说："啊，回来了。今天可真热啊。去洗个澡行吗？"

杏子没有搭理他，笑着跟枝打招呼：

"小枝，辛苦了。吃冰棍吗？"

枝"嗯"地答应着，却站在换鞋的地方不动弹，眼睛盯着杏子的脚看。杏子觉得很纳闷，顺着她的视线低头一瞧，才发现自己光着脚呢。

她赶忙回到起居室，穿上了脱在沙发底下的拖鞋。"给你，吃吧。"杏子递给洗完手走进起居室的枝一根淡蓝色冰棍，又坐到沙发上翻开了《今天的料理》。然而，杏子感受到站着吃冰棍的枝的目光，好一会儿没有抬起头来。

夫妇二人把枝留在家里，去附近的超市采买。

秋人换上了蓝色马球衫。半路上，他们碰见一对认识的夫妻，"天气真热啊"，这样互相寒暄了两句，道别之后，杏子问秋人："他太太大肚子了吧？""啊？是吗？我根本没看她。"秋人漠不关心地回答。

"我以前觉得，要孩子的话还是生个女孩儿好，可是，现在觉得吧，和半大女孩子相处还真是不容易呢。"

"你是说小枝吗?"

"嗯，算是吧。"

"我倒觉得她是个乖孩子。"

秋人拢了一下乱蓬蓬的头发。得赶紧让他去理发了，杏子想。

"今天，你们都去哪儿了?"

"哦，本来打算先去名单上还没去的学校，可是她说想看看我们学校，我就带她去了。这么一来，名单上剩下的那些学校，就没有必要再去了，所以我们就去逛了秋叶原。"

"秋叶原?"

"她说想去，所以就……"

哦，是这样呀。杏子做出一副若无其事的样子。

"她不想去涩谷那样的地方吗?"

"不太想去。之后，我们去游览了东京塔。"

杏子以为自己听错了，就问："去了哪儿?""东、京、塔。"秋人一个字一个字地答道。

"是小枝说想去的吗?"

"不是，是我提议的。我想如果再带她去一个地方的话，那就只能是东京塔了吧。"

"游览的人不多吗?"

"人特别多。可是吧，都到了售票处了我才知道，这孩子有恐高症。我问她坐飞机不怕吗，她说飞机是移动着的，所以没关系。真是够奇怪的吧？不过，我鼓励她说，既然已经到这儿来了，就作为独自一个人来东京的纪念上去吧，而且还可以把恐高症治好呢。于是，她就跟着我上去了。"

"你是说上塔了？"

"是啊，最开始的时候她很害怕，谁知登上塔之后，变得活蹦乱跳的。"

"哦，是吗？"杏子又一次说道。

望着穿着飘逸的连衣裙，微微含笑地站在小巷里，沐浴着夕阳余晖的妻子，秋人突然涌起了想要匍匐在她面前的冲动。原来杏子在丈夫眼中，是如此的美丽。

第二天，枝坐十点半的飞机回去了。

她的装束和来东京的时候一模一样，只不过来时手里拎着的大丸百货公司的纸袋，换成了机场礼品店的蓝色纸袋。这是送她到机场的杏子和秋人给她买的。里面装的都是枝自己选的各种巧克力点心。

进安检处之前，枝目不转睛地瞧着忙前忙后的杏子和秋人，鞠了一躬，说"这几天给你们添麻烦了"。夫妇俩对视了一眼，此时他们脑子里想的，是和枝刚来家时，这样给他们鞠躬时完全相同的事情。

"短短几天工夫，带你跑了那么多地方，累坏了吧。回家以后，好好休息休息吧。"杏子对她说道。

"不累。"枝摇了摇头。

"你什么时候再来的话，咱们还去东京塔吧。下次咱们爬到最顶上去。"

听了秋人的话，杏子不知该做出什么样的表情才合适，而枝却神色依旧，"嗯"地应了一声。关于东京塔，三个人还没有一起聊过。在昨天的饭桌上，每当快要聊到东京塔的时候，杏子就赶紧转移话题。

"替我向小姨她们问好呀。那个房间空着，欢迎你随时再来。"

这些话就仿佛在脑子里写好了似的，从杏子口中流畅地说了出来。这究竟是谁写的台词呢？杏子感觉自己轻轻拍着枝的胳膊，说着"别客气"之类的话的时候，就和最俗不可耐的爱情剧中最多见的出场人物如出一辙。于是，她咽下了所有还想说的话，只是再次嘱咐道："替我向小姨问好啊。"

枝手也没有挥，就走进了安检处。当她的身影消失在安检入口之后，秋人才慢悠悠地说："暑假，咱们去西表岛吧。"

"什么？"

125

"昨天，我已经和小枝说好了，就住她家开的家庭旅店。"

"你说的暑假，是盂兰盆节吗?"

"是的。原来咱们打算暑假哪儿也不去了，因为今年刚去了意大利。不过，既然有这么好的机会，还是去西表岛玩玩吧。我和枝越聊越想去看看。她说帮我们问问她妈妈。"

秋人一边用手"啪啪"地拍着杏子肩膀，一边说道。杏子想了想，回答道:

"我去不了呀。"

"为什么?"

"因为从下周开始我就要打工了呀。店里人手不够，希望我暑假里也每天都去呢。刚去那个店，不能连着休息好几天。"

"哦，是这样啊……那就明年去吧。"

秋人想到了明年。到了明年，妻子是不是还这么美丽，工作还这么顺利，身体还这么健康呢? 不过，应该考虑的是今天的事情。秋人带杏子去了机场里的餐厅。原本打算两个人一起在观景平台上眺望枝乘坐的飞机起飞的。可是无论是杏子，还是秋人，好像都已经忘记为什么自己会在这里，是为谁送行才来的，只是一边吃着，一边说笑着，回归了以往的他们。

回到家，杏子走进枝的房间，换下了花床罩和床单，用吸尘器打扫了一遍。然后把靠背掀起来，还原成沙发坐了下来。秋人手里拿着两支冰棍走进来，坐在了她身边。

　　几年后，两人生下了一儿一女。但是，两个孩子都没有在这个房间里睡过。一家人为了住得更宽敞，搬到了远离东京都中心的地方。搬家那一年，到东京来读大学的枝，收到了他们寄到她公寓来的贺年片。寄信人的地方并排写着一家四口的名字。枝凝视着这四个名字，回想起了在那个炎热的夏日，第一次登上东京塔时的情景。

图书在版编目（CIP）数据

碎片/（日）青山七惠著；竺家荣译. -上海：
上海译文出版社，2011.12（2023.5 重印）
ISBN 978－7－5327－5485－4

Ⅰ.碎… Ⅱ.①青…②竺… Ⅲ.短篇小说—小
说集—日本—现代 Ⅳ.I313.45

中国版本图书馆CIP数据核字（2011）第080509号

KAKERA by Nanae AOYAMA

Copyright ⓒ 2009 by Nanae AOYAMA
Cover Illustration ⓒ Saiko Kimura
First published in Japan in 2009 by SHINCHOSHA Publishing Co., Ltd.
Simplified Chinese translation rights arranged with SHINCHOSHA Publishing Co., Ltd.
through Japan Foreign-Rights Centre/Bardon-Chinese Media Agency

图字:09－2010－744 号

碎片	[日]青山七惠 著	出版统筹 赵武平
かけら	竺家荣 译	责任编辑 刘玮 于婧
		封面合成 吴建兴

上海译文出版社有限公司出版、发行
网址:www.yiwen.com.cn
201101 上海市闵行区号景路 159 弄B座
浙江新华数码印务有限公司印刷

开本 850×1168 1/32 印张 4.25 插页 2 字数 50,000
2011 年 12 月第 1 版 2023 年 5 月第 4 次印刷

ISBN 978－7－5327－5485－4/I·3208
定价:30.00 元